呪われて、純愛。

NOROWARETE JUNAI

SHU…MARU & HANAMOTO PRESENTS

2

著 —— 二丸修一

絵 —— ハナモト

「のろわれて、じゅんあい。」

VOLUME:TWO

「あ、廻くん、起きたんだ。よかった、大丈夫？」
丹沢白雪
たんざわ　しらゆき
SHIRAYUKI TANZAWA

才川魔子
さいかわ　まこ
MAKO SAIKAWA
「ああ、心配かけてごめんな。
今日、何だか調子が悪くて」
湖西廻
こさい　めぐる
MEGURU KOSAI

「じゃーん！」
「おおっ……」

「これ、白雪が全部？」
「うん」
「凄いな。率直に言って感動した」
「えへへっ……」

「ねぇ……して」
「魔子、もしかして……お前、
俺が白雪と一緒にいたところ、見ていたのか……？」
「だとしたら、何？」

NOROWARETE JUNAI

CONTENTS

［のろわれて、じゅんあい。］

SHUICHI NIMARU & HANAMOTO PRESENTS

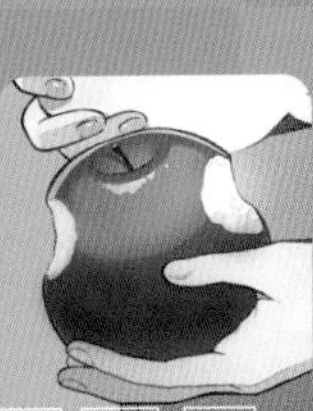

NOROWARETE JUNAI

呪われて、純愛。

［のろわれて、じゅんあい。］

SHUICHI NIMARU & HANAMOTO
PRESENTS

NOROWARETE
JUNAI

2

著　二丸修一
絵　ハナモト

プロローグ

＊

リビングにあるソファーの上で目を覚ました。
視線をさまよわせ、壁にかかったレムノスのウォールクロックで止める。
午前六時半。
あいにくの曇りが精神を汚染しているのか、額にはびっしり汗をかいていた。
「俺は——」
ベッドで寝なかったせいか、手足がヘドロに浸かっているかのように重い。
ゆっくりと上半身を起こし、額を手の平で冷やした。
ふと、スマホが目に入る。
そのことで記憶が刺激され、昨夜のことが脳裏によみがえってきた。
（そうか、昨日古瀬さんと再会して——）
魔子と一緒にお父さんの不正を暴いた記憶を取り戻したのだ。

『――もう一度、あの子に内緒でキスをして』

心の奥底をむしばむ、裏切りという名の背徳。

にもかかわらず、同時に魔子の甘美な声と柔らかな唇の感触がよぎり、俺は吐き気を覚えるほどの罪悪感を覚えた。

『――本当の恋人』

魔子は俺が記憶障害を起こした際、真っ先に自身をそう評した。

何度も何度も冗談じゃないかと魔子に言った。

そんなことあり得ないと問い詰めた。

(でも――)

お父さんに関する記憶を取り戻した今なら、わかる。

俺にとって魔子は、『本当の恋人』と言える存在だ。

それは俺が『白雪の恋人』であることとも矛盾をしていない。

『あたしは裏だけでいい……。ううん、裏がいいわ……』

『あたしはあんたを絶対に許さない……。だから――一緒に地獄に堕ちて……お願い……』


俺は白雪を愛している。

告白し、付き合っている。

でも魔子との関係は、白雪に言えない裏のもの。

『俺と白雪が恋人』であることと、『俺と魔子が本当の恋人』であることは、表と裏という形で成立している。

つまり――

誰も嘘をついていなかった。

当初は矛盾していると思っていたことが、成り立っている。

まだ思い出していないことは多い。


お父さんが捕まった後、どうなったのか――

高校に上がって白雪と再会し、どのようにして恋人となったのか――

俺はなぜ記憶障害となってしまったのか――


まだわからないことだらけだ。

ただ、はっきりしていることが一つある。

――ヴヴヴ。


スマホが振動し、メッセージが映し出された。

白雪からのものだ。


『今日これから、廻くんの家に迎えに行ってもいい？　恋人だし、一緒に登校したいな……』


なんて愛らしい申し出なのだろうか。

俺は思わず頬をほころばせ、次の瞬間――

「う……っ！」

強烈な悪寒とともに、胃液がこみ上げてきた。

「っ――」

駆けだした俺は、洗面台を摑んで突っ伏した。

「おぇ……っ！」

吐こうとしても、何も出てこない。

そういえば倒れてから何も食べていなかった。

腹の中に何も入ってないのだろう。

「はっ……はっ……はっ……」

あまりの気持ち悪さに意識が飛びそうになる中、俺の脳裏にはずっと白雪の笑顔が頭に浮かんでいた。

家族を失った俺を立ち直らせてくれた、恩人であり、女神。

彼女の笑みに俺は、どれほど救われただろうか。

（愛してる……愛してる……愛してる――）

そう心の中で唱えると、涙があふれ出てきた。

「大丈夫、メグル？」

そんな声とともに、頭からタオルが降ってきた。

「……魔子」

どこから見ていたのだろうか。

おそらくこのタオルは、泣いている俺を気遣ってのものだ。

「これ。吐くものないと、きついでしょ」

魔子が差し出してきたのは、水の入ったペットボトルだった。

胸に突き刺さるような痛みを覚えたが、まずは考えを止めて受け取ることにした。そして顔を洗い、ペットボトルを逆さにして飲み干した。

「……一年前のときも、そんな感じだったわね」

「そう、なのか……？」

「ええ。呪われて地獄に堕ちたみたいな顔つき」

鏡を見た。

そこに映っているのは、頬がこけ、クマができ、目だけがぎらついている男の顔だった。

「あたし、どっちかって言うと、今の顔のほうが好きよ。刃物みたいでゾクゾクするわ」

「……お嬢様は大変趣味が悪いことで」

「じゃなきゃあんたとキスなんかしないし、本当の恋人になったりしないわよ」

「……違いない」

そうか、俺は白雪を裏切ることで、地獄に堕ちたのだ。

だが地獄には、魔子がいる。

魔子を地獄に堕としたのは俺だ。

だから、一人で置いていくことはできない。

「白雪がこれからうちに来て、一緒に登校したいって言ってるんだが」

「……真面目に忠告するなら、今日は休んだほうがいいわよ」

「休んで回復すると思えないから、無理してでも登校して、慣れたほうがいい気がしてる」

「……まあ、それも一理あるわね」

魔子は踵を返した。

「ご飯は食べられないと思うけど、ゼリーくらいはお腹に入れておきなさい。あたしの買い置きしたウィダーインゼリー、あげるわ」

「珍しく優しいじゃないか」

「お礼にモーニングキスしなさいって言ったら？」

とっさに言葉が出ず、喉が詰まった。

嘘がへたくそな俺だ。

きっと動揺が顔に出ていただろう。

魔子は皮肉げに口の端を吊り上げた。

「まったく、ひどい男」

そのまま冷蔵庫に向かい、ゼリーを取ってきて俺に投げ渡した。

「最低。ヘタレ。二股男。このあたしがキスしなさいって言ってるのに躊躇する男なんて、この世にあんたくらいなものよ？」

「ならしなくていいのか？」

「バカね。だからこそしなさいって意味よ」

歩み寄ってきた魔子が、無理やりに近い形で俺の唇を奪ってきた。

目の端にスマホが映る。

そのせいで魔子とキスをしているのに、白雪の顔が脳裏に浮かび上がった。

『ねぇ、地獄って、どこから始まっていたのかしら？　あんたが引き取られてきたとき？　シラユキが引っ越してしまったとき？　それとも——今ここが、本当の地獄の入り口なのかしら？』

昨日、魔子が言っていた言葉。

その答えに、今なら答えられると思う。

『——今ここが、本当の地獄の入り口だ』

たぶんそういうことなのだ、きっと……。

その一　ばっっっっっかじゃないの

＊

結局、俺は白雪からの誘いを断った。

また魔子にも先に登校してもらい、一人で始業ギリギリを狙ってクラスに入った。

「どうしたんだ、廻？　お前、いつも早いじゃん」

隣の席から軽口が飛んでくる。

左右に飛び跳ねたくせっ毛——高校生になってできた悪友、彦田仁太郎だ。

いつもなら面倒くさいと思うときもあるお調子者の声が、今はなぜか心を落ち着かせてくれた。

「ちょっと体調が悪くてな」

「……確かに顔色わりーな。休んだほうが良くね？」

「しばらく入院してたから、取り戻したいんだ」

「いやいや、お前復帰した瞬間からついていけてるじゃん！　元々トップクラスなんだから、大丈夫だって！」

「そのちょっとの油断が学力を落とすんだ」

「何だよ〜、つれねーな〜。おれと一緒に底辺さまよおうぜ〜」

「それが目的だったか……」

この前のテストで、仁太郎は赤点と言える点数を取っていた。

それで俺を巻き込もうとしていたようだ。

「一度落ちると、違う世界が見えるぜ！」

グッと仁太郎が親指を立てる。

こいつなりのジョークであることはすぐにわかった。

でも――

なぜか俺は、全身が硬直した。

「おいっ、廻……お前、マジで大丈夫か？」

よほど深刻な顔をしていたらしい。

仁太郎が顔色を変えて尋ねてきた。

俺は慌てて取り繕った。

「だから大丈夫って言ってるだろ」

「さっき丹沢ちゃんも心配してたぜ？」

その一言で、心臓がドクンと跳ねた。

「白雪が……？」

「迎えに行こうと思ったら、ちょっと体調が悪いから一人でゆっくり行くって返したんだって？　それなら尚更一緒に行ったほうが良かったって、さっきまで後悔してたんだよ」

「そうなのか……」

「もう予鈴なりそうだから来ないけど、今も……ほら？」

仁太郎はくいっとあごを横に向けた。

……ドクンッ、ドクンッと心臓の音が聞こえる。

俺がわざと予鈴ギリギリに登校してきたのは、白雪の顔を見ないためだった。

単純に、白雪の顔を見るのが怖かった。

自分がどうなるのかわからなかった。

脳が拒絶していた。

だから見てはいけないと思っていたのに、つい俺は仁太郎のあごの先を視線で追ってしまった。

「っ――」

視界の端に、不安げな白雪の顔が見える。

その瞬間、俺の全身の毛穴から冷や汗が噴き出し、めまいを覚えた。

「廻⁉」

「廻くん⁉」

俺は机に手をつきそこね、椅子から転げ落ちた。

白雪の温和な声が、今は悲鳴交じりで聞こえる。

あの愛らしく笑顔に満ちた表情が、青ざめている。

そんな顔、見たくない。

ずっと笑顔でいて欲しい。

そんな彼女の傍で、彼女を笑顔にするために生きていきたい。


だが、現実は――


ぐるりと世界が反転する。

脳が限界を超え、意識をシャットダウンしようとしているのだ。

「はっ……はっ……はっ……」

理想と現実の乖離に、冷や汗が止まらない。

予鈴が聞こえた。

でもやけに音が遠く、ざわめきに紛れて消えていく。

「廻くん、返事して！　……あっ、先生！　……ええ、はい、登校時から調子が悪そうで！

……私が保健室に連れて行きます！」

腕を掴まれた。

ぼんやりと見上げると、心配そうに覗き込む白雪の横顔があった。

「大丈夫、廻くん？」

「っ――」

雷に打たれたかのように、罪悪感が全身を貫き覚醒させた。

理性を振り絞り、喉の奥から声を押し上げる。

「……大丈夫。自分で、行けるから――」

俺は白雪の手を振りほどくと、めまいを感じさせないよう足早で歩き、スライドドアの向こう側へと逃げ出した。

＊

廊下に出ると、少しだけ足が軽くなった。

ホームルーム中だから誰も歩いてなくて静かだ。

我ながら現金なものだと思う。

白雪がいないところまでやってきたとたん、これだ。

(俺は、白雪の純粋な眼が耐えられなかったんだ……)

見られているだけで、裏切者と言われている気がした。

「ははっ」

あまりの情けなさに、笑えてきた。

俺は壁に手をつきながら、足音を殺して保健室に向かった。

「……すみません、少し休ませてもらっていいですか?」

薬品の並んだ棚と、並べられた三つのベッド。

窓が少し開いているせいか、真っ白なカーテンが揺れている。

何の変哲もない保健室だ。

だがそこにいた意外な存在に、俺は何度も瞬きした。

「やっぱり来た」

薬品棚の傍に座っていたのは、魔子だった。

「どうして魔子が……?」

驚きのあまり、俺はその場で固まってしまった。

「あんたが来ると思って」

「何でわかったんだ……？」

「朝の様子見てたら、わかるわよ」

「保健室の先生は？」

「職員室に行ってるわ」

疲労と混乱で、足元がふらついた。

「……そんなことだろうと思ったわよ」

すかさず魔子が俺の腰を抱き、肩を貸してくれた。

「……悪い」

「とにかく寝てなさい」

「寝られるといいが」

身体はこんなに重いのに、脳はフル回転していた。

きっと目をつぶれば、延々と悲しそうな白雪の顔と声がよぎり続けるだろう。

「……あいかわらず、無駄にでかい身体ね」

「無駄とか言うな」

「まるでパパみたい」

そう言って、俺をベッドの上に腰掛けさせた。

「でもパパよりは可愛げあるわね。メグルちゃん？　お布団、自分でかけられるかしら？」

「お前、俺をバカにしてるだろう？」

「当然よ。だってまったく同じようなことを繰り返すんだから」

俺は横たわって布団を引き寄せようとして、手を止めた。

「同じこと……？」

「前もシラユキと再会したとき、こんな感じになったわ」

「そう、なのか……？」

「アホ面してないで、これ飲みなさい」

「アホ面は余計だ」

ツッコミながら、袋を受け取る。

袋には内服薬と書かれており、薬の名称や効能が羅列されていた。

「感情の起伏を小さくする薬……？　うつ病、ナルコレプシーに伴う情動脱力発作を改善……？　不安や緊張を和らげる……？」

四種類の薬について書かれているが、すべてメンタルにかかわるものだ。

「どうして魔子がこんなものを……？　あっ、それに調剤日付、俺の退院日の前日じゃないか？」

「以前のあんたが飲んでたものよ。病院の先生にお薬手帳を渡して、念のため同じものを処方しておいてもらったの」

「それなら俺に渡しておけばいいだろ？」

「記憶障害のあんたに？」

それを言われると、ぐうの音も出ない。

「ほら、飲んでおきなさい」

魔子はペットボトルの水を差し出してきた。

あまりに用意が良すぎるところから見て、本当に俺は同じことを繰り返しているのだろう。

ならば抵抗せず、飲んだほうがいいに違いない。

疲労も限界にきていた。

だから言われるがまま薬を飲みほした。

「睡眠導入剤もあるから、おとなしくしていれば寝られると思うわ」

「……ありがとな」

「まったく世話がやけるわね」

俺が力を抜いてベッドに横たわると、無言で魔子は布団を俺の肩まで引いた。

「ふと思ったんだが、お前がここで待ってるくらいなら、朝の時点で俺に飲ませればよかったんじゃないか？」

「まったくあいかわらず細かいわね」

「で、どうしてなんだ？」

「じゃあ逆に聞くわよ？　朝、薬を渡して、あんたは飲んだ？　『俺は大丈夫だ』とか言って飲まなかったと思わない？」

「それは……」

「前のとき……シラユキと再会して、ふらふらになったあんたをメンタルクリニックに連れて行くときも、抵抗してたの。自分は大丈夫だって。そのときだって『今は結構行く人多い』って、あたしがわざわざデータを出して説得したのよ？」

「そういえば……」

そんなことがあった気がする。

「シラユキを見て、あんたが傷つくのはわかっていた。でもそれは避けられないから、ここで待っていたの。ただ――それだけ」

「……ただそれだけなら、口に出さないだろ」

「だから細かいのよ、あんたは。いいから寝なさい。薬が効いてきてるんでしょ？」

確かに心が先ほどより落ち着き、眠気も出てきた。

魔子(まこ)は俺の額にそのしなやかな手を当てた。

ひんやりとして気持ちがいい。

そういえば小さなころ、交通事故で死んだ母さんが、こうして俺の熱を冷ましてくれたことがあったっけ。

「おやすみなさい」

「……おやすみ」

穏やかな空気に包まれ、ゆっくりと眠りに落ちていった。

＊

俺は夢の中を漂っていた。

数多くの記憶がめぐる、記憶の海の夢だ。

魔子(まこ)から同じことを繰り返していると言われたせいだろうか。

その中の一つが俺の中に吸い込まれ、なくしたはずの過去がよみがえってきた。

……

…………

……………

中学三年生の夏。

お父さんが逮捕され、美和子(みわこ)さんが失踪し、俺と魔子(まこ)が恋人らしきものになって以降、がらりと環境は変わった。

警察やら弁護士やらが何度もやってきた。

近所や学校での羨望の眼が、一気に反転した。

俺たちが歩けばヒソヒソ話が巻き起こり、遠巻きから中傷が聞こえた。

俺は古瀬さんに話を聞きにいく時点で、ある程度覚悟を決めていた。

だから魔子の状態が心配だった。

『――魔子、大丈夫か？』

『あんたはどうだったか知らないけど、あたしは中傷に慣れてるの。有象無象の声なんて、どうでもいいわ』

これは虚勢でも何でもなかった。

魔子はお父さんの逮捕後も、それまでと変わらず毅然としていた。

『あんた、実の父親を追い出してさぁ～。今、血の繋がらない湖西と家で二人きりなんでしょ～？　二人で何をやってるわけ？』

魔子の学校での地位を落とそうと、嫌味を言ってきた女子生徒に対しても、魔子は一歩も引かなかった。

『何それ？　下種の勘繰りはやめてもらえる？』

『げ、下種⁉』

『まずメグルは遠縁の親戚よ。父親を追い出したっていうのも筋違いね。せめてネットで事件の記事をちゃんと読んでから話しかけてくれる？　知性に欠ける会話は疲れるのよ』

『で、でもあんたの父親が罪を犯したことは事実でしょ！』

『……それはその通りね。じゃあ、あんたは親の罪が子供に及ぶと考えていると言ってるわけね？』

『ほ、法律的には違うかもしれないけど、あんた、親が罪を犯して手に入れたお金で贅沢してきたわけでしょ！』

『そこはまだ公表されてないから教えてあげる。不正によって得たお金は、先祖代々の財産を処分し、全額返金することで話が進んでいるわ。あなた、おしゃべりが大好きみたいだから、このこと他の人にも言っておいてくれる？　ちなみに余計なことを付け足せば、名誉棄損で訴えるから覚悟しておきなさい』

『うっ――』

魔子の美しさはお父さんが逮捕された後、さらに研ぎ澄まされていっていた。

身近にいる人間では俺以外信頼できず、冷気をまとっているかのような魔子からにらまれれば、ほとんどの人間は口を閉ざした。

でも、もちろん魔子は氷の彫像なわけではない。

時折とても寂しがった。

『メグル……動かないで……』

魔子は不思議なことに、狭いところを好んだ。

俺をリビングのソファーに座らせ、正面を向かせたまま、背中とソファーの隙間に自分の身体を滑り込ませる。そして俺の背後から温もりを得ようとするかのように、抱きしめてくるのだ。

俺が前のほうに移動して魔子が入り込みやすくしようとすると、

『元の位置に戻って』

などと言ったりする。

『寒いなら、俺から抱きしめようか？』

『……やめて。あんたは指一本動かさないで』

『……わかった』

俺と魔子に、肉体関係などない。

ただ真冬の小屋の中で震えて過ごすのと同じで、生きるために寄り添っていた。

『ねぇ、メグル……して』

何をだ？　とは聞き返せない。

一度聞き返して頬をはたかれた。

魔子がおねだりをしてくるのは、精神的に疲弊しているときだけだ。

だから俺は——

魔子をこれほどまでに追い詰めてしまった俺は——

おねだりを拒絶することができなかった。

『ん……』

振り返り、キスを交わす。

柔らかなウェーブした髪を撫でると、魔子は嬉しそうに吐息を漏らした。

これで終わり。

これ以上は何もない。

魔子の心を落ち着ける、一種の儀式のようなものだ。

そうやって何とか気を張って、互いに支え合う毎日。

そんなある日、突然——白雪が才川家にやってきた。

休日を利用して、新幹線を使ってわざわざ来てくれたのだ。

『……廻くん、魔子ちゃん。電話はしてたけど……顔を見るの、久しぶりだね』

俺は魔子の顔を見た。

お父さんが逮捕されたことを話したのか、という意味を込めて。

俺は白雪に話してなかった。心配をかけたくなかったし、今の魔子との関係を知られたくなかったから。

魔子が首を左右に振る。

ということは——おそらく別の人づてで、お父さん逮捕の話が白雪に伝わってしまったに違いない。白雪は魔子と違って友達が多かったから、どこからか漏れるのは時間の問題だっただろう。

しかしとげとげしくも忙しい毎日に、白雪が直接やってくる可能性を俺は考えていなかった。

だから、戸惑った。

『しら、ゆき——』

魔子とキスをしてしまった。

白雪に会いたくて、立派になって告白したくて、努力をし続けて。

江の島で約束をして。

なのに——俺は——裏切っている。

白雪と相対した瞬間、俺はその罪深さと、理想と現実の狭間に、強烈なめまいを覚えた。

『俺は——』

『……大丈夫。廻くん、大丈夫だよ。私はずっと味方だから』

違うんだ、白雪。

俺はそんなことを言ってくれる白雪を、裏切っているんだ。

だから優しくしてもらう資格なんてないんだ。

『ああっ……あああっ……』

足がガクガクと震える。

立っていられないほど震えることなんてあるんだ、と驚いてしまったほどだ。

そんな俺を見て、魔子が割って入ってきた。

『──ごめん、シラユキ。メグル、パパの件があって以降、たまにこうなるの。ひとまず寝かせてくるから、リビングで待っていてくれないかしら？』

『あっ──うん、わかった』

俺だけじゃなく、魔子だって気まずいはずだ。

なのに魔子に気を使われ、かばわれてしまった。

そのことが俺はショックだった。

──廻、すまないが魔子を頼む。魔子は優秀だが、心はお前よりずっとずっと弱い。お前は深い絶望の淵から這い上がってきた、立派な男だ。娘を頼む──息子よ。

こう言われて、お父さんから魔子のことを託された。

しかし現実は、魔子を支えるどころか、俺がかばわれてしまっている。

俺は結局、白雪が帰るまで部屋から出られず、ベッドの上でずっと自己嫌悪に襲われていた。

『──入るわよ』

ノックをし、魔子が俺の部屋に入ってくる。

ベッドの脇に座り、俺の髪を撫でた。

『シラユキ、帰ったわ』

『……そうか』

『もしかしたら高校、こっちを受けられるかもしれないって』

『……えっ？』

『お父さんが来年、本社に戻ってこれそうなんだって』

『それって……』

『たぶん、パパが逮捕された影響よね。シラユキは知らないだろうけど』

『……そうか』

古瀬さんは白雪が中学に上がるタイミングで転校したのは、お父さんの不正が関係していると言っていた。

それは正しかったというわけだ。

（……嬉しいことだ）

なのに、笑えないのはなぜだろうか。

『あんたの顔、ゆっくり見られないの、残念だって言ってた』

『……合わせる顔なんて、ない』

『あるわ。あんたは堂々としていればいいのよ。何なら、シラユキと付き合ったっていい』

俺は上半身を起こした。

『……本気で言ってるのか？』

『あたしは裏があればいい。表でシラユキと付き合っていても、問題ないわ』

『……意味がわからないんだが』

『シラユキが『恋人』で、あたしが『本当の恋人』。それでいいと言っているの』

『よりわからなくなった』

『シラユキは、あたしにとって唯一の親友なの。シラユキの悲しむ顔は見たくないわ』

俺には魔子の気持ちがほとんどわからない。

でも白雪の悲しむ顔が見たくない——その一点だけは、理解できた。

『俺はそんなことができるほど、器用になれない』

『なれないんじゃないわ。やりなさい。それが、それだけが、あたしたちが三人でいられる——いえ、あたしたち全員が幸せになれる道なの』

『……不幸の間違いじゃなく？』

『仮初でも、表面上でも、幸せと思えば幸せよ』

『幸せと思えれば、な』

俺は、幸せな状況には到底思えなかった。

白雪(しらゆき)と『恋人』で、魔子(まこ)とは『本当の恋人』？

魔子(まこ)とキスをしているのに、白雪(しらゆき)と付き合う？

もし俺が下半身でものを考えられるとしたら、これ以上の幸運はないと思うかもしれない。

でも——

純愛にとっては、呪いだ。

かけがえのない二人。

初恋相手と、共犯者の義妹(ぎまい)。

どちらかを選ぶことなど、最初からできるはずがない。

バカと天才は紙一重という。

もしかしたら天国と地獄もまた、紙一重かもしれない——

＊

この日以後、俺は精神が不安定になった。

魔子(まこ)を守らなければ、と肩ひじを張っていたが、どちらかと言うとボロボロなのは俺のほうだった。

あまりの不調は隠せず、魔子に促され、メンタルクリニックにも通うようになった。

薬のおかげで精神は安定していったが、根本的な悩み――白雪とのことは何も変わっていなかったため、決して顔を合わせないようにしていた。


『あたしって、悪い女よね』


すべてが闇に落ちていきそうな、とある新月の夜――

電気を消したリビングで魔子がつぶやいた。

また俺をソファーに座らせ、背中に隙間を作らせて自分の身体を滑り込ませ、背後からすがるように俺の背中へ手と胸を寄せている。

『……悪いのは、俺だ』

『あんたを、こんなに苦しませているのに？』

『……俺のほうが先に、魔子を苦しめただろ？』

魔子が耳にそっと息を吹きかけてきた。

『ふふっ、そうね。ならお互いさまってところかしら？』

『ああ』

こんな何でもない会話を、何度も繰り返してきた。

白雪への後ろめたさを持つ俺たちは、正面から抱きしめ合うことすらできず、そっと触れ合うだけ。

温もりを感じ、相手が傍にいることを確認するための行為だ。

地獄のような生活の中で、それは確かに必要なものだった。

現状は、一人ではあまりにも寒く、辛すぎたから。

『ねぇ、メグル……して』

また魔子は『何を』とは言わず、おねだりをしてくる。

俺は罪悪感にも慣れがあることに恐怖しつつ、魔子に口づけをした。

そうして俺たちはどちらともなく離れて部屋に戻る――はずだった。


――いつもならば。


だが、この日ばかりはあまりにもタイミングが悪かった。

ドサッと、何かが落ちる音がした。

と、同時にいきなり明かりがつき――

『あなたたち、何をやってるのよ……っ！』

リビングにヒステリックな甲高い声が広がった。

とっさに離れ、声の主へ目を向ける。

そこにいたのは、行方不明となっていたはずの人だった。

『美和子さん……』

変わり果てた姿だった。

美和子さんは魔子の母親だけあって美人で、しかもそのことを最大のプライドとしていた人だった。

美を愛し、美しく着飾っていないことがなかった。

でも今は目の下にクマができ、髪に白髪が混ざり、服にはほつれが見え——声を聞かなければ別人と考えたかもしれないほど変わっていた。

『ママ⁉　何か月もどこに行っていたの⁉　それに、その格好——』

魔子が駆け寄る。

お父さんの不祥事が表に出てすぐに姿を消して以来の再会。

しかし美和子さんは魔子を見ていなかった。

『やっぱりお前が疫病神だったのね！』

美和子さんは魔子を押しのけると、俺の胸倉を摑んだ。

『あんたが来てから全部がおかしくなったのよ！』

歩み寄った勢いのまま俺を押し、壁に叩きつける。

美和子さんの腕は驚くほど細い。

なのに今押し付けられている力の、なんと強いことか——

一切の手加減をしていないのだ。それほど今の美和子さんは、常軌を逸している。

俺は剣道でみっちり鍛えていたから、腕力的には圧倒していた。だから跳ねのけようと思えば可能だった。

しかし——できなかった。

元々ヒステリックなところがある美和子さんとはいえ、今まで俺に手をあげたことはない。それだけに驚きのほうが勝っていた。何より、血走った瞳、こけた頬、乱れた髪が——鬼をほうふつとさせ、俺の足をすくませた。

『あの人が逮捕されたのは、あんたのせいよ！　あんたがうちにやってこなければ、こんなことにならなかった！』

『それは——』

極論かもしれないが、俺には間違いに思えなかった。

『はい、その通りです。申し訳ございません……』

『メグル⁉』

魔子は目を見開き、美和子さんは俺の首に手をかけた。

『我が家の財産を狙っていたのね！　その上、魔子まで……っ！　この悪党が……っ！　死ね

『……っ！』

『ぐっ――』

息ができなかった。

でも俺は、この人に殺されるだけのことをしてしまったのだと思うと、抵抗できなかった。

『やめて、ママ！』

魔子が美和子さんを羽交い締めにし、俺の首から手を離させる。

『ゴホッゴホッ！』

膝をつき、せき込む俺のあごを、美和子さんは羽交い締めにされたまま蹴り飛ばした。

『クズが……っ！　返せ……っ！　わたしの夫を……っ！　わたしの魔子を……っ！　わたしの財産を……幸せを……返せっ！』

『ママ！』

スパンッと、リビングに乾いた音が響き渡る。

魔子が美和子さんの頰を叩いたのだ。

そんなことされるとは夢にも思ってなかったのだろう。

美和子さんは叩かれた場所にそっと触れ、呆然としていた。

『それは、違うわ。間違っていたのは、あたしたちのほうよ――ママ』

『魔子……？』

『メグルは誰のせいにもせず、懸命に生きていただけ。そんなメグルを受け入れられなかった、ママが悪かったのよ。そしてママの力になってあげられなかった、あたしも悪かった。そういうことなのよ』

『何を言ってるの、魔子？　魔子はわたしの味方でしょう？』

『目を覚まして、ママ！』

魔子は瞳に涙を浮かべ、美和子さんの両肩を摑んだ。

『パパが逮捕されたのはなぜ⁉　ママが散財したせいで、パパが犯罪に手を染めたんでしょ⁉　一番悪いのはママなのよ⁉』

『な、何を――』

美和子さんは首を九十度曲げて、ぼそぼそと早口でつぶやく。

『あの人だって勝手に引き取ったじゃない。あの疫病神のための生活費がどれだけかかったと思ってるのよ。それに比べればあの程度の贅沢、いいじゃない。わたしは別に家の中に他人を入れたわけじゃないわ。息子を産めなかったわたしを責めるかのように、いつもいつもあてつけてきて』

『ママ！　こっちを見て！』

魔子は美和子さんの両肩を揺らした。

『親戚の中で一番裕福だったうちが、メグルを引き取るのはおかしなことじゃないでしょ！

それに誰もママが息子を産めなかったことを責めてない！』

『責められたわよ！　あの人の実家のお義父さんとお義母さんに！』

魔子はめまいを覚えたのか、ふらついた。

『そんな……年に一回会うか会わないかの人の言葉だけで……メグルにずっと当たっていたの……？　その程度のことで、ずっとずっと数えきれないほどの嫌味を、家族を亡くした子供に言い続けてきたというの……？』

すると今度は美和子さんが魔子の両肩を摑んだ。

『だけ……⁉　その程度……⁉　あの言葉にどれほど傷ついたか、魔子にはわからないの⁉』

『だとしても、メグルに当たるのは筋違いよ……』

『筋違いじゃないわ！　そもそもあの疫病神を家に入れなかったら、わたしは幸福なままでいられたのだから！』

魔子はゆっくりと首を左右に振った。

『無理よ、ママ……。ママは自分から不幸になっていった……。きっとメグルを迎え入れなくても、たぶん別のことでつまずいて、今と同じ結果になったと思うわ……』

『そんなことはないわ！』

『お願い……ママ……これ以上、あたしを悲しませないで……』

あの気丈な魔子が、両眼からあふれるほどの涙を流していた。

そのとき俺は、今やるべきことを理解した。

（そうだ――）

床に膝をついている場合じゃない。

美和子さんに気後れしていてはいけない。

罪悪感にさいなまれ、ふらついていていい状況じゃない。

――廻、すまないが魔子を頼む。魔子は優秀だが、心はお前よりずっとずっと弱い。お前は深い絶望の淵から這い上がってきた、立派な男だ。娘を頼む――息子よ。

魔子を守るんだ。

どれほど多くの人に嫌われようとも、それだけは絶対にしなければならない。

『やめろ！』

俺は美和子さんの腕をひねり上げ、床に押し倒した。

これだけ完璧に極まっていれば、巨漢の持ち主だって振りほどけない。

『いたっ！　何をするのよ！　放しなさい！』

『……じゃあ魔子を悲しませるの、やめてもらえますか？』

『魔子が悲しむ？　どうして？　悲しいのはわたしよ！　あんたのせいで、わたしと魔子が不幸になってるのよ！』

魔子はそっとまぶたを閉じ、つぶやいた。

『もう、終わりよ……。いいえ、パパの逮捕でママが逃げ出したときから、もう終わっていたのよ……』

『な、何を言ってるのよ、魔子？　わたしは──』

魔子は正面から美和子さんを見据え、はっきりと告げた。

『あたしは、ママと縁を切るわ。あたしの家族は、パパとメグル。そう決めた』

『魔子！　わたしは母親よ！　血の繋がりがあるの！　そんな勝手に──』

『ならどうして、辛いときに一緒にいてくれなかったの！』

悲痛な魔子の叫びに、美和子さんは喉を鳴らした。

『パパが逮捕されて、あたしが辛い想いするの、血が繋がった母親ならわかって当然でしょ！　でもママは自分のことだけ考えて逃げた！　金目のものを持って！　今だってそう！』

魔子は背後を指差した。

示した先には、美和子さんが持っていたと思われるバッグがある。

先ほど俺と魔子がキスをしていたところを見たとき、落としたらしい。

『あっ……』

魔子が何に対して悲しんでいるのか、わかった。

美和子さんのバッグの横に、封筒に入った現金があった。おそらくバッグを落とした影響でこぼれ落ちたのだろう。

封筒自体に見覚えがあった。お札の厚みから見て、軽く二十万以上ある。

間違いなく俺と魔子で相談し、いざというときのために金庫に保管しておいた現金だ。

『ママは今、そっと家に入って、金目のものを盗もうとしていた！　それで戻ってきたとき、あたしとメグルがキスしていることに気がついて電気をつけた！　そうでしょ！』

『それは――』

『欲しいものはすでに手に入っているんだものね！　あたしたちと揉めたってそそくさと逃げればいいって思ってたんでしょ！　もしかしてあたしたちに難癖つけることで、もっと金目のものを得られると思った？』

『ば、バカを言わないで！　そんなことあるはずないじゃない！』

美和子さんの声が明らかに揺れている。

それが、魔子の推理が当たっていると思わせた。

『あたしが辛かったとき、ずっと傍にいてくれたのはメグルよ！　二度と母親だなんて名乗らないで！』

『ち、ちちがっ！　わ、わた、わたしはっ！』

『何が違うのよ！　せっかくだし、言いたいことがあるなら全部言えばいいわ！　あたしが全部論破してあげるから！』

『ちち、違う……わたしの望みは……』

『何が望みよ！　ママの望みはいつも自分だけのものだった！　あたしやパパ……それにメグルのこと、どれだけ考えてくれた⁉　今のママは、そうした行いの悪さが回って戻ってきただけよ！』

『わたしの家族は……わたしは……わたっ……しは……』

美和子さんの声が細り、抵抗もまた弱くなっていく。

俺が拘束したまま顔を覗き込むと、美和子さんは白目をむいて気を失っていた。

＊

俺と魔子は救急車を呼び、美和子さんは入院した。

しかし目を覚ました後、医者につかみかかるほどのヒステリックな言動を繰り返し、誰とも話が通じないような状態になっていた。

多大な精神的ストレスによる適応障害——そう診断され、美和子さんは入院場所を精神病棟へと変えることとなった。

俺はこの一件を機に、少し変わったことを自覚していた。

（――白雪への罪悪感は、当然ある）

でもまず目の前のことをしっかりしなくてはいけなかった。

父親に続き、母親とも離れ離れになった魔子を、なんとしても支えなければならなかった。

周囲の中傷から守り、迫りくる受験を乗り越える必要もあった。

金銭問題だってある。

損害賠償金の支払いに伴う資産の整理が行われ、何とか借金はせずに済んだ。しかし保護者として名義を貸してくれた魔子の祖父母の財産もほとんどなくなってしまった。加えて祖父母は体裁を気にする人でもあったので（元々美和子さんに『息子を産めなかった』と嫌味を言うような古い価値観の人でもあったので）、俺たちへの態度は恐ろしく冷たくなった。このため俺と魔子は半分自立するような形になり、家の維持と進学、両立するには何らかの算段を立てなければならなかった。

（――俺が、魔子を守るのだ）

俺は、そう心に誓った。

俺はどうなったっていい。

精神なんて薬でも何でも飲んで、ギリギリ保てばいい。

地獄へ堕としてしまった魔子を、また陽に当たるところまで連れて行くのだ。

（……俺は、白雪と中学進学で離れ離れになって以降、ずっと再会を夢見て、そのために努力

を続けてきた）

勉強も、運動も。

将来、強い自分になって、白雪を迎えに行く。

そのときはもう二度と離れ離れになんてさせない。

それだけの力を手に入れるんだ。

そんな純粋な気持ちに突き動かされていた。

（……まるで、夢のようだった）

幸せな時間だった。

努力すればするほど、夢に近づいている実感があった。

楽しかった。

でも、もう、そんなことを言っている場合じゃない。

――才川魔子。

義妹にして、共犯者。

俺のせいで独りぼっちとなってしまった、哀れな少女。

運命がお前を苦しめるなら、俺が盾になろう。

お前を不幸にするものは、俺が取り除こう。

なぁ、魔子。

それで俺は、お前に償えるのだろうか……？

…………

……

ゆっくりまぶたを開けると、そこは保健室だった。

室内はすでにオレンジ色となっている。俺は随分と長い間寝ていたようだ。

ベッドの周りを円で描くように設置されたカーテンは、半分だけ閉じられて出入り口は見えなくなっていた。

ふと横を見ると、窓辺に魔子がいた。

パイプ椅子に座り、窓のフレームに肘をのせて外を眺めている。俺が起きたことに気がついていないようだ。

すでに放課後なのだろう。足元には俺と魔子のカバンがあった。

のんびりとした、でもほんのり汗ばむ熱気が室内を漂っている。

野球部が学校の外周をランニングする姿を、魔子はただぼんやりと目で追っていた。

（……穏やかな顔だ）

俺の記憶にある魔子は、いつも怒っていたり、憤っていたり、穏やかであることがほとんどない。

夕日の色をまとい、風でウェーブした髪がなびいている。

モデルとして写真を撮られているときと違い、冷たさがなく、気高さもなく、一人の年頃の少女として、はかないまでの美しさを携えてたたずんでいた。

俺はなぜか魔子が遠くへ行ってしまう気がして、そっと手を伸ばした。

「……魔子」

「！」

魔子は肩を揺らした。

「ちょうどよかったわ。そろそろ起こそうと思っていたの」

そう言いながら振り返った魔子は、俺の伸ばした手を見て、眉間に皺を寄せた。

「何この手？　セクハラでもしようと思ったわけ？」

出てきた言葉があまりにも魔子らしくて、俺は笑ってしまった。

「お前じゃないんだから、するはずないだろ」

「ばっ――」

顔を真っ赤にし、魔子は絶句した。

「っっっっかじゃないの！」

たっぷり数秒溜めて言い放ち、近くに置いてあった水のペットボトルを俺の胸に投げつけてきた。

「病人をもうちょっと労れよ」

「それなら発言に気をつけなさいよ！　あんたの発言は完全にセクハラだったわ！」

「被害妄想すぎるだろ。どう考えてもお前の発言のほうがパワハラっぽいが」

「そうやってごまかしながら、あたしの嫌がる顔を楽しんでいるんじゃないの？　そう考えれば立派なセクハラよ」

「はいはい、お嬢様がそう言うならそういうことにしておいてやるよ」

「あんた、あたしをバカにしてるわよね？」

「じゃあ、よく俺とソファーの間に身体を入れてくるが、あれはセクハラには入らないのか？」

俺が『よく』と言ったので気がついたのだろう。

また新たに俺が記憶を取り戻したって。

魔子は瞬きをし、そして肩をすくめた。

「バカね。あれはあんたへのサービスに決まってるじゃない」

「俺はそういうサービスを注文したつもりはないが？」

「あいかわらずごちゃごちゃ細かいことでうるさい男ね。で、そういうこと言い出すってことは、いろいろ思い出したんでしょ？　どの辺りまで？」

「……お父さんが逮捕された後から、美和子さんが精神病棟に移るくらいまでだ」

「ということは、ママのことは一通り？」

「ああ。うちに盗みに入ってキレたこととか、はっきりと」

「じゃあ中学生のころはだいたい思い出した感じね」

「そうだな。受験の辺りはよく覚えてないが」

「ふぅん、そ」

あいかわらず魔子はそっけない。

俺がペットボトルの蓋を回して水を飲んでいると、ベッドの縁に肘をつけて尋ねてきた。

「で、そのことであんたに心境の変化はあったのかしら？」

「ああ」

「それは？」

「――お前のことは、俺が守るから」

まっすぐ見据え、真剣に告げた。

すると魔子はゆっくりと目を見開いていき、ゆでだこのように頬を真っ赤にした。

「お前が幸せになれるよう、俺が何とかするから」

「ばっっっ――」

そこまで言って、言葉を止める。

しかし——

「つかじゃないの……」

今度は怒らず、照れくさそうに肩から流れ落ちる髪を掴み、胸元で弄り回した。

「……お前、そういう反応できたのか」

「うっ……うるさいわね……」

非難の言葉も、いつもの十分の一くらい弱々しい。

「俺、思い出したんだ。お前を守るって、そう心に決めたことを。だから——」

俺は大きく息を吸い、吐き出した。

「——白雪と、別れようと思う」

魔子の眉が吊り上がっていく。

先ほどまで照れていたのに、今は全身から怒気を発している。

その理由が俺には理解できなかった。

「なぜ怒るんだ？」

「あんたがバカだから」

「なぜバカと言われなきゃいけないんだ？　俺はお前を守ると決めた。白雪と付き合いながらじゃ——できない」

「本当に、あんたってどこまでバカなのかしら？」

「何度もバカバカ言うなら、ちゃんと説明してくれ」

一生懸命考え、一大決心の結論を伝えたはずなのに、あまりにもひどすぎる。

「あんたが好きなのは、シラユキでしょ？」

「っ……」

どう言えばいいのだろうか。

嘘でも『魔子が好きだ』と言うべきだろうか。

「はい、タイムオーバー。これがすべてよ」

「どういうことだ？」

「あんたの性格で、あたしが好きなら、すぐに好きと言うはず。言わないってことはシラユキが好きってことよ」

「………」

完全に見透かされている。

「そもそもあんたがシラユキのこと好きなんて、あたしは百も承知よ。あんたは記憶を思い出したばかりのころを忘れてるかもしれないけど、あれほどあたしにシラユキが好きだと言っていたじゃない」

確かに今更取り繕うのは遅いだろう。

はっきりと『白雪と付き合う』『お前と本当の恋人なんて嘘じゃないか』といったことを言っていたのだから。

「あたしがバカと言うのはそういうところ。嘘や同情で好きと言われて、あんたは嬉しい？」

「っ——それは……」

想像してみた。

もし白雪には別に好きな人がいて、俺が家族を失った可哀そうな人だから好きと言ってくれているのだとしたら——『もういい、せめて嘘はつかないでいいから』と言いたくなるほど、辛い。

目覚めたときと同じように、魔子は窓のフレームに肘をのせて外に目を向けた。

「あたしはね、メグル……あたしは……」

「すみません、失礼します」

スライドドアが開く音とともに聞こえた声に、俺と魔子は僅かに距離を離した。

誰かが迫ってくる。

中途半端に開かれたカーテンの端から、ひょいと顔を覗かせたのは白雪だった。

「あ、廻くん、起きたんだ。よかった、大丈夫？」

本当に嬉しそうに、白雪は微笑む。

それだけで保健室の空気が明るくなるようだ。

「ああ、心配かけてごめんな。今日、何だか調子が悪くて」

「謝るのは私のほうだよ！　私がもっと早く気がついていればよかったのに！」

「いや、悪いのは俺のほうで」

「ううん、私のほう」

「いや俺が」

「私が」

「……あんたたち、ループしてるからそろそろやめたら？」

やれやれといった感じの魔子のツッコミに、俺と白雪は苦笑いをしあった。

俺は普通に話せていることに、我ながら違和感を持った。

（……あれ？）

（朝はあれほど罪悪感でいっぱいだったというのに……）

動悸がすぐに激しくなり、白雪の顔さえ見られなかった。

でも今は薬が効いているのか、平静でいられる。

ああ、いや。

薬以外にも、大きな変化はあった。

（――俺は、魔子を守らなければならないことを思い出した）

それまでになかった『覚悟』が、今の俺にはできた。

罪悪感でつぶれている場合じゃない。

まだ記憶や状況を整理しきれていないが、それだけは確かだった。

「魔子ちゃん、お留守番させちゃってごめんね。本当なら私がしていたかったんだけど」

「別にいいわよ。朝、メグルが体調不良とわかった時点で、モデルの仕事を延期してもらったし」

どうやら俺の不調は魔子の仕事にまで影響してしまっていたようだ。

「……魔子、そんなことして大丈夫なのか？」

「あまり良くないけど、しっかり謝っておいたし、あたし自身が体調不良と言えば向こうも納得するしかないでしょ。シラユキ、委員会の仕事は終わったの？」

「うん。もう大丈夫」

「そう。なら帰る準備しましょうか。メグル、歩いて帰れる？」

俺は手を握って力が湧くか試してみた。

「問題ない。もし多少問題があっても、タクシーなんてもったいないから這ってでも電車で帰るぞ」

「変なところでケチなのよね、この男」

「あはは……こういうとこ、廻くんのいいところだと思うよ」

白雪はフォローしてくれたが、苦笑いしているところを見ると、共感してくれているとまでは言えないようだ。

「じゃ、あたしが保健室の先生呼んでくるわ」

「いいの？」

「メグルと話したかったんでしょ？」

「……うん、ありがと」

「先生呼んでくるまでにデートの約束くらいしておきなさい」

「えっ……ええーっ！」

白雪は両頬に手を当てて驚き、頬を赤らめる。

俺は白雪と別種の驚きに包まれていた。

（……なぜ魔子はこんなことを言う？）

もし俺に好意を持っているとしたら、こんな言葉を吐くだろうか？

……魔子の真意がわからない。

「メグル、疲れてるみたいなの。癒やすのは彼女であるシラユキの役目でしょ？」

「癒やしたいのはその通りなんだけど……か、彼女とか言われると……何だか照れくさいな……」

「付き合ってることは聞いているんだから、堂々とすればいいのよ。でもあたしの前でそういう話をされると胸やけしちゃうから、いないところでしてねってこと。じゃ」

「あっ、魔子ちゃん！」

白雪の制止にも振り返らず、魔子はさっさと保健室を後にした。

「…………」

「…………」

何となく気まずい空気が流れたため、俺はさりげない話題を振った。

「保健室の先生はどこに？」

「職員室。職員会議があるから本来は保健室を閉めてるはずだけど、私が廻くんをもう少し寝かせたいから留守番してるって言ったら、そのままにしてくれたの。でも急遽委員会の仕事ができちゃって……それで魔子ちゃんが代わりに廻くんを見てくれていたの」

「そっか……」

俺のことを考えて、白雪は保健室の先生にそんなお願いをしてくれていたのか。

そのさりげない優しさが染みた。

白雪の優しさに触れるたび、俺はいつも温かな気持ちになる。

そしてそのたびに思うのだ。

白雪のことが好きだ、と。

でも今は――

嬉しさの上から、針で刺したような痛みが襲った。

「大丈夫、廻くん？」

表情で痛みを察したらしい。

俺はなるべく強がった。

「ああ、休んだら随分よくなった」

「確かに朝よりは顔色いいけど……」

白雪は目を閉じ、腕を組んで考え始めた。

その姿は真剣なのに、ちんまりとしていてとても可愛らしい。

俺が様子をうかがっていると、白雪の頬は段々と赤くなっていった。

「あの、ね」

「ああ」

「さっき、魔子ちゃんが言ってたじゃない？」

「……デートのことか？」

「それぇぇぇぇぇぇ！」

びっくりするほどの勢いで食いついてきた。

「廻くんにとって、私とデートすることとって……癒やしになるかな？」

「当たり前だろ」

『魔子が好きだ』の言葉はすぐに出なかったのに、この言葉はすぐに出た。

白雪はパァッと顔を輝かせ、人差し指を胸の前で突っつかせた。

「じゃあデート……する？」

もしデートの話題を魔子から出さなかったら、俺は適当な用事をつけて断ったかもしれない。

でもある意味『魔子が許可している』と言える。またすでに白雪と恋人同士である以上、デートは切り離せない。

まだ取り戻していない記憶もある。ならばこそ、自分の心を整理する意味も込めてデートに踏み込んでみようと思った。

「行きたいところあるか？」

「ええっ⁉　いきなりそこの話⁉」

「何かおかしかったか？」

「あの、ね……まず、オッケーかどうか……その回答が先かな、って……」

ズクンッと鈍痛がする。

これは記憶を取り戻すときの脳の痛みとは違う。

胸の痛みだ。

白雪が可愛らしくて……愛おしくて……苦しくなる。

「悪い。確かに飛ばしてたな。もちろんデートはオッケーだ」

「ホント⁉」

「今週の土曜で大丈夫か？」

「うん！」

魔子を守らなければならない。その気持ちは一切変わらない。

でも愛おしさは止められるものじゃない。湧き出てくるものだ。

記憶障害になる前の俺は、白雪と魔子の狭間で何を思ったのか——

自分のことながら、想いを馳せずにはいられなかった。

その二　私は、廻くんの『恋人』なはずなのに

＊

土曜になり、俺と白雪はみなとみらい線元町・中華街駅で集合し、そのまま一気に北上……渋谷駅へと向かっていた。

天気は快晴とあって、東横線の車内はなかなかの混み具合だ。今日は丸一日デートの予定なだけに、席を確保できてよかったとホッとした。

俺とデートなためか、白雪はずっとご機嫌だ。

真っ白なワンピースと麦わら帽子がとても似合っていてまぶしい。

今も大きなピクニックバスケットを持ち、ニコニコしていた。

「白雪、そのピクニックバスケットって、もしかしてお昼用に作ってくれたのか？」

「むふふ～、それは現地についてからのお楽しみで～」

「現地ってどこだ？　渋谷に行くところまでしか聞いてないが……」

「それも内緒～」

俺はいつの間にか白雪ワールドともいえるほのぼの空間に巻き込まれていき、自然と微笑ん

でいた。

「じゃ、代々木公園行こうか！」

渋谷に到着するなり、白雪はそう言った。

「普通、ピクニックは田舎のほうへ行くものだと思うが……」

元町・中華街駅からなら、もっと近くにいくらでも山も海も公園もある。

なのにあえて都会のほうへ行き、その理由がピクニックだという。

（そうだ、白雪は時折独特のセンスを発露するんだった……）

俺はそんなときいつも反応に困るのだが、決して悪意のない行動なだけに、最後には笑って済んでしまうのだ。

「えー、でも横浜近辺でピクニックしていたら、学校の誰かに会う可能性あるでしょ？」

いくら付き合っていることが知られているとはいえ、学校の誰か――特に仁太郎や管藤辺りに見られたくないっていうのは確かだ。

「それにピクニックした後、渋谷を楽しめるのもお得！　ふっふっふ、完璧な計画だよね」

やや控えめな胸を張り、白雪はご満悦だ。

その発案内容に戸惑いはしたが、ご機嫌な白雪を見ているだけで、俺は幸せな気持ちが湧いてきた。

「じゃあ行くか」

「あっ」

白雪が反応する前に、ピクニックバスケットを奪い取る。

……そこそこ重い。白雪はかなりいろんなものを仕込んできたようだ。

俺が歩き出すと、雑踏に紛れ、聞き取れるかどうかの音量で白雪がつぶやいた。

「……そういう優しいところ、好き」

白雪は小走りで追いついてくると、ピクニックバスケットを持っていない、空いた俺の左手にそっと自らの手を重ねた。

本当に小さくて、柔らかくて、力を入れれば壊れてしまいそうな手だ。

愛らしいと想う気持ちが湧きあがり、同時に恐怖となって胸を刺す。

この幸せを失いたくない――

絶対に――

しかし同時に、俺には魔子との関係がある。

今の俺は将来なんて遠い未来のことは考えられない。

ただ今日は白雪のことだけを見ると決めてやってきた。

以前、魔子はこう言った。

『あんたは堂々としていればいいのよ。何なら、シラユキと付き合ったっていい』

『……本気で言ってるのか？』

『あたしは裏があればいい。表でシラユキと付き合っていても、問題ないわ』

『……意味がわからないんだが』

『シラユキが『恋人』で、あたしが『本当の恋人』。それでいいと言っているの』

『よりわからなくなった』

『シラユキは、あたしにとって唯一の親友なの。シラユキの悲しむ顔は見たくないわ』

『俺はそんなことができるほど、器用になれない』

『なれないんじゃないわ。やりなさい。それが、それだけが、あたしたちが三人でいられる――いえ、あたしたち全員が幸せになれる道なの』

俺が今日のデートを決めたときも、魔子は同じようなことを繰り返し言った。

歪な関係だ。正常とは到底思えない。

でも――魔子の言葉には一理あり、俺も代案が浮かばない。

以前、白雪と別れると言ったときは怒られた。

選べない解決策なら、一つ思いついている。
それは――魔子との関係を絶つというものだ。
まったく、あり得ない。
地獄に堕としてしまった魔子を、さらに孤独にさせることなんてできるはずがない。

表と裏、それぞれで白雪と魔子と付き合うことが、全員が幸せになれる道――

魔子の提案は決して正解とは思えない。
いや、破綻がすでに見えているような、か細い道だ。
でも大切な二人を幸せにする手段がそれしかないなら、俺はどんな悪党にでもなろう。
罪悪感なんて生ぬるいことを言っている場合じゃない。
覚悟を決めるんだ。
純愛の呪いで地獄に堕ちるのは、俺だけでいい。

*

代々木公園に着いたころには、すっかり額が汗ばんでいた。

空に雲はなくても、梅雨の合間とあってなかなか気温も湿度も高い。

とはいえ都心にある巨大な公園なので人は多く、スケートボードで楽しんでいる人や楽器の練習をしている人、はたまた全身を灰色に塗ってポージングをして投げ銭を稼いでいる人などにぎやかで、見ているだけで楽しくなる。

これだけ暑いと魔子なら化粧が落ちるとか文句を言ってくるところだが、健康的な白雪にとってはむしろ楽しいようだ。ハンドタオルを片手に汗を拭うさまは、青春全開のＣＭを思い出させるさわやかさがあった。

「ここにしよっか」

「ああ」

木陰にシートを広げ、四隅に飛ばないよう石を置く。

日陰に来るとだいぶ涼しい。心地よい風が汗ばんだ頬を撫でた。

「じゃーん！」

お手製の効果音をつけて、白雪はピクニックバスケットを開けた。

「おおっ……」

よく無表情とか無反応とか言われる俺も、さすがに感嘆の声を上げずにはいられなかった。

色とりどりのサンドイッチ。

こっちは玉子で、こっちはアボカドとエビとクリームか。

王道のハムとチーズもあるし、好物の鳥の唐揚げとフライドポテトがあるのもまた嬉しい。

「これ、白雪が全部？」

「うん」

「凄いな。率直に言って感動した」

「えへへっ……」

白雪は頰を緩ませ——

「……ったぁ！」

背中を向けて力強くガッツポーズした。

そういうのは見せないほうがたぶん可愛らしいぞ、とツッコもうか迷ったが、たぶんするとすねてしまうし、そのポーズはポーズで微笑ましかったから眺めて堪能することにした。

「しかし、いつの間にこんなに料理がうまくなったんだ？」

「実はね、中学生のころちょっとずつお母さんに教わりながら、練習してたんだ～」

白雪は得意げに胸を張った。

褒めるとすぐ調子に乗る感じが、チョロくて可愛い。

「俺も料理を作るけど、魔子が望むものをしょうがなく、って感じだからさ……。ヘルシーな献立ばっか詳しくなって、こういう王道でワクワクするの、作ったことがないんだ」

「魔子ちゃんはそれもわかるけど、廻くんは足りるの？　身体大きいし、お昼も結構食べてるでしょ？」

「足りないときはラーメンとか作って補ってるから」

「それ良くないよ～」

「野菜は魔子用に作ったやつで十分取ってるからバランスいいほうだって。男子高校生なんてこんなもんだと思うぞ」

そこまで言って、目の前のピクニックバスケットが開いたままになっているのが目に入った。

「それより食べていいか？　せっかく作ってくれたのが乾いちゃもったいない」

「うん！　どれでも好きなの取って！」

「じゃあ――」

まずは玉子サンドといこうか。

大きく口を開け、一気に半分を口に入れる。

「………………」

白雪は水筒の蓋にお茶を注ぎながら、じっと俺を見ていた。真剣な表情だ。

俺は少し緊張しながら、舌に神経を集中させた。

「おいしい……」

マヨネーズのコク、玉子の舌触り、パンの柔らかさ、すべてがかみ合ってうまみが口いっぱいに広がった。

「コショウの風味も食欲をそそるな」

「ふっふっふ～、廻くん、いいところに気がついたね！　そこ、ポイントなんだよ！」

表情豊かに語る白雪を見ながら食べるサンドイッチは、一人で食べるよりも十倍おいしく感じられる。

「廻くんさ、中学生のころから立派な人間になりたいって言いだして、勉強とか剣道とか凄く頑張ってたでしょ？」

「ああ」

中学生のころ、俺は勉強と剣道ばかりやっていた。だから電話で近況を話すとなると、どうしても話題はその二つになったのだ。

「私もね、それを聞いて勉強とか部活とか、頑張ろうと思ったんだよ？」

「部活は、美術部だったよな？」

「うん。でもね、勉強も絵も、何というか才能のなさを感じて……というか、集中力がなかなか続かなくて……」

白雪は勉強ができないわけではないが、魔子の才能は特別だし、俺より苦手なのは確かだ。

「気晴らしで料理作ってみたら楽しくて……。それで、いつか廻くんに食べてもらえたら嬉しいなって思いながら、ちょっとずつ練習を……」

俺はハムとチーズのサンドイッチをつかみ取り、かぶりついた。

「うまい。白雪は天才だな」

「て、天才⁉　いきなり褒めすぎ！」

「俺はこんなの作れないし、魔子はもっと無理だ」

「レシピ見れば廻くんなら簡単に作れるって～」

「でもたぶん、こんなにおいしいとは感じないと思う」

俺が俺自身のために作ったんじゃ、こんな感動はきっとない。

「感動するほどおいしい」

「えへへっ、嬉しいなぁ～」

頬を緩ませ、白雪が頬をかく。

そうして俺たちは楽しく笑いながら次々にサンドイッチを口に入れていった。

「うんうん、我ながらおいしい～っ！」

「白雪、それもう五つ目だろ？　大丈夫か？」

「廻くんは七つ食べてるでしょ？」

「俺はでかいし、筋トレしてるし。普段から特盛食ってるような人間だから」

「そ、それはそうだけど……」

「魔子ならこのサイズなら三つでやめるな。魔子より小さな白雪だと……」

「――廻くん、ストップ」

白雪は死んだ目になり、言った。

「あのね、魔子ちゃんとは比べちゃダメ」

「……し、白雪？」

「魔子ちゃんはね、モデルで、その中でもトップレベルなの。廻くんのやっていた剣道でたとえると、全国大会で優勝争いしているレベル。いきなりそのクラスと比べられると辛い気持ち……わかる？」

これは……とんでもない地雷を踏んでしまったらしい。

素直に謝るしかないだろう。

「すまない、俺が悪かった……」

「わかってくれればいいの」

白雪は鼻息を荒くした。

ただ少し誤解があったと思い、俺は補足した。

「俺としては、食べ過ぎを心配しただけなんだ。俺、白雪が食べてるところ見るの好きだから、食べて欲しくないとは思ってなくて」

「っ――ごほっ⁉」

白雪はフライドポテトを喉に詰まらせてせき込んだ。

「大丈夫か？」

「あ、うん。それより、わ、私の食べてるところ見るの好きって、どういうこと？」

上目遣いで俺の様子をうかがってくる。

前から思っていたことだが、そういえば二人きりで食事なんてほとんどしたことがなかったため、口にしたことがなかった。

「ほら、白雪って本当においしそうにご飯を食べるだろ？」

「そ、それ、大食いって意味……？」

「そりゃ魔子よりは食べ――」

白雪が瞬時に再び死んだ目になる。

俺はヤバいと感じ、話題を転じた。

「白雪は食べる喜びを全身で発しているっていうのかな。だから見てると、幸せな気持ちになれるんだ」

「そ、そう……？」

よかった。機嫌が直ったようだ。

「じゃあ悪いのは廻くんじゃなくて、カロリーだね！　カロリーが多いほうがおいしいでしょ？　すべてはカロリーが悪いの！」

「えっ……あっ……？」

「このお腹につきやすい脂肪も、全部おいしいものについているカロリーのせいなんだよ！」

「ああ、そうだな……」

まったく意味はわからなかったが、ここは賛同しておくべきだと思って頷いた。

俺がラストの唐揚げを口に入れると、まじまじと白雪が見てきた。

「廻くんは結構淡々と食べるよね。味にこだわりとかないの？」

「まずは量が重視、かな？　もちろんおいしいもののほうが嬉しいけど」

「その割に顔に出してくれないよね。どれかおいしくないものとかあった？」

「いや、全部おいしかった」

力を込めて、俺は即答した。

「ただ、たぶん顔に出ないのは、癖になってて」

「癖？」

「食事中に笑ってると、美和子さんが――」

言いかけて、言わなくていいことだと気がついた。

「……悪い。何でもない」

たぶん白雪は察してくれたのだろう。

俺の手元にあった水筒の蓋を手に取り、紙コップのお茶を足してくれた。

「やっぱり廻くん、疲れてるんだよ」

「そうかな？」

「無理もないよ。記憶はまだ全部戻ってないし、普段から頑張りすぎてるもん」

「そんな、俺はまだまだだって」

今日だって魔子は仕事で出かけている。

本当は俺も働くべきところなのに、最近体調不良かつ白雪とデートということで、魔子が気を利かせてくれたのだ。

なのに俺は白雪にまで心配をかけている。

（もっと力があればいいのに……）

大切な人を守り、幸せにするだけの力が欲しい。

その気持ちはたぶん両親と妹を事故で失って以来、俺の心の奥底にずっとある。

「いろいろとできるだけに、理想が高すぎるんだよ、廻くんは」

ふと白雪が俺の傍に移動した。

「？」

そして俺の左手の手首を両手で摑み、引っ張った。

「⁇」

俺は踏ん張った。

なぜか引っ張り合いとなる。

「……あれ？」

白雪が疑問の声を上げたが、俺も意味がわからなかった。

「どういうことなんだ？」

白雪はかぁっと顔を赤くすると、一度咳払いをした。

「あのね」

「ああ」

「ちょっと力を抜いて欲しいの」

「あっ、引っ張られたときに、俺、倒れなきゃいけなかったのか？」

「うんうん」

何となく剣道をやっているときの要領で対応してしまっていた。

ここは攻撃されたらすぐさま反撃が必要な場じゃない。

「じゃあ、もう一度最初からやるね」

「……わかった」

まだ白雪の意図はよくわからないが、ひとまず脱力した。

「えいっ」

手首を引っ張られる。

力を抜いているから、俺はそのままシートの上に倒れることになった。

「あっ――」

するると俺の頭を持ち上げ、白雪は膝枕をしてくれた。

「こ、こぅしたかったの……」

「……ははっ」

どうして白雪はこんなにいじらしいのだろうか。

ちょっと天然なところとか、間が抜けているところとか。

悪い意味じゃなくて、俺が肩ひじ張っている部分を、程よくほぐしてくれる。

「笑わないでよぉ……」

口を尖らせ、白雪がすねる。

「これ、嬉しい意味での笑いなんだ」

「そんなのあるの？」

「他の人は知らないけど、俺にはある」

だってこんな素直に笑えたのって、いつ振りか思い出せないから。

「ならいいけど……」

やや不満げだが、白雪は納得してくれたようだった。

「…………」

「…………」

木々のざわめきだけが聞こえる。

幸せだ。

本当に、心の底からそう思える。

憧れて、夢にまで見た女の子と、こんなに穏やかな時間を過ごしている。

ピクニックをして、膝枕までされて――

こんな幸せな時間って存在していいのだろうか。

「あれ……？」

なぜか、涙があふれてきた。

「どうしたの、廻くん？」

「おかしいんだ。白雪がこんなに傍にいて……こんなにも幸せなのに……」

そう話しつつ、俺は涙の理由がわかってきていた。

俺は誰よりも知っている。

俺が、これほどの幸せを得るだけの価値がない人間だということを。

魔子を地獄に堕とし、白雪を裏切り続けている。

俺はそんな最低な人間だ。

なのに一秒でもこの幸福の中にいたいと願ってしまう。

卑しく、利己的な俺は、いずれ報いを受けるだろう。

でも、それでも、今はこの夢のような時間にすがりつき、一秒でも長くいたい。

そう心の底から願っていた。

「よくわからないけど、ちょっとわかる……かな」

白雪は苦笑いを浮かべた。

「……どっちなんだ？」

「じゃあわかる、って言っておこうかな……。何だか私も、泣けてきちゃったから……」

俺たちは見つめ合い、互いに涙を浮かべながら——笑みを浮かべた。

「こんなに幸せなのに、時間は永遠じゃないんだね……。いつか終わってしまうときがくる……。そんな当たり前のことが、何だか悲しくて……」

「……今が、幸せ過ぎるんだ。まるで夢みたいに」

「でも夢じゃないよ」

「そうだな。幸せだから、それが長くなるよう努力をしなきゃな……」

白雪が俺の目をじっと見つめていた。

俺は膝枕をされながら、そのまっすぐな瞳を受け止める。

顔の距離が、少しずつ近くなる。まるで吸い込まれるように。

そんなとき——

「ぐぬぬっ、湖西め……こんな屋外でなんて破廉恥な……っ！　白雪、わたしはそんな子に育てたつもりはないぞ……っ！」

「いや、ここは応援するところだろ！　行けーっ……廻（めぐる）、ぶちゅっとやっちまえ……っ！」

遠くから、かすかに声が届いた。

「…………」

「…………」

すべての雰囲気をぶち壊しにするその内容に、俺と白雪（しらゆき）は固まってしまった。

視線で白雪（しらゆき）と意思を交わし、俺はゆっくりと上半身を起こした。

「……白雪（しらゆき）、膝枕してくれて嬉（うれ）しかった」

「あっ、ううん。またして欲しくなったら言って。いつでもしてあげるから」

「ありがとな」

淡々と言葉を交わし、俺たちは衣服についた芝を払って立ち上がった。

そして俺たちは同時に——先ほどの声の方向へと振り返った。

「さて、と……」

「せっかくのいい雰囲気を壊してくれたお礼、しないとね……」

「なぜここにいるかどうかも、吐かせる必要あるよな？」

「もちろん。廻（めぐる）くん、お仕置きをしていいよね？」

「むしろそれがメインと言っていい。白雪（しらゆき）に止められても俺はするつもりだった」

俺は指を鳴らし、白雪（しらゆき）は目をギラリと輝かせる。

木陰に隠れて先ほどのセリフを発していた二人は、めちゃくちゃに焦っていた。

「おいぃ、立夏！　完全にバレてるじゃねーかっ！」

「バカジンタの声がでかすぎたせいでしょ！」

「そもそもお前が跡をつけようと言い出したのが悪くね⁉」

「何よ！　わたしのせいにするわけ⁉」

「だってさ、実際やってみたら『カップルなんてこの世から消えちまえ！』としか思えねぇじゃん！」

「今更そんなこと言う⁉　面白そうなもの見れそうって言って、あんただって結構乗り気だったでしょ⁉」

「そ、そりゃ最初はそうだったけど――」

「だったら――」

仁太郎と管藤が喧嘩している間に、俺と白雪は手が届くところまで接近していた。

「喧嘩内容からだいたいの理由は察したが――」

「お仕置きは受けてもらおうかな――？」

「あわわわっ……」

怯む二人に、白雪が命じた。

「とりあえず正座」

「……はい」

結局、白雪の説教は十分以上に及んだので、俺からはもうするなよと言っておくだけにした。

＊

落ち着いたところで俺たちは近場のコーヒーチェーン店に移動した。

四人掛けのテーブルを占拠し、俺と仁太郎、白雪と管藤が横に並ぶ形になる。

俺はブラックのコーヒー、白雪はコーヒーが苦手なのでオレンジジュースを頼んだのはいいが、仁太郎がホットドッグ、管藤がトーストを頼んだのにはちょっと驚いた。

「お前ら、昼を抜いてまでして俺たちを見張ってたのか……」

「代々木公園に行くことは立夏が丹沢ちゃんから聞いて知ってたけど、ピクニックメインなのはさすがに読めないって」

「食いながら話すな」

俺が忠告すると、仁太郎は物凄い勢いでホットドッグをそしゃくし、喉を鳴らした。

「はぁ～、わたしは白雪が自分から膝枕をしたことがショックでショックで……」

「あっ、あの、立夏ちゃん、そういうことは恥ずかしくなるから言わないで欲しいんだけど……」

管藤は目をカッと見開くと、隣に座る白雪の膝を撫でまわした。

「くっ、湖西が触ったのはここか！　ここか！　ちくしょー、柔らかくていい心地じゃないか！」

「きゃっ！　もう、立夏ちゃん……恥ずかしいよ……」

「管藤、説明するのはやめてくれ。メンタルが削られる」

「お前のメンタルなんて知るかーっ！　わたしの可愛い白雪に手を出しおってーっ！」

「じゃあ代わりと言っちゃなんだが、こいつに手を出していいぞ」

俺は仁太郎の肩をポンっと叩いた。

「…………」

乗ってくればいいものの、管藤は真っ赤になって黙ってしまった。

その特徴的な三つ編みが揺れ、メガネの位置を直すのが明らかに不自然だ。

「立夏ぁ～、なに廻の言うこと真に受けてるんだよぉ～」

そしてあいかわらず鈍い仁太郎は、俺が管藤のアシストをした意味を理解していなかった。

「おれの身体は魔子様に捧げるためにあるんだ！　廻、お前、どうして今日は魔子様と一緒じゃないんだよ！」

「白雪とのデートで魔子を連れてくるほうがおかしいだろうが」

「そうだったっ！」

ぺしんっと仁太郎が額を叩いた。

「……あれ、何でおれ、魔子様もいないのに、こんなところまで来てるんだ？　ムカつくカップルしかいねぇし、金もかかってるのに」

「ムカつくなら覗きをするなよ。ムカついているのは俺のほうだぞ」

俺がツッコむと、てへっとばかりに仁太郎が舌を出した。

時間が経てば経つほど白雪との幸せな時間を邪魔されたことに腹が立ってきていた。

だからお仕置きのため無言で仁太郎の関節を極めた。

「いててっ！　ギブギブ！」

「もう、するなよ」

「わかったわかった！」

「わかったは一回でいい」

「わかりました、廻様！」

「様もいらない」

「いいから放してくれよぉ！」

まったく余計な言葉の多いやつだ。

加えて死ぬほど鈍い。管藤もこれでは苦労するだろう。

俺がチラリと管藤の様子を見ると、やはり不機嫌だった。

(管藤としては俺たちの様子をうかがうことを口実にして、仁太郎と出かけたかったんだよな。あわよくばデートを……みたいな考えもあったかもしれない)

二人は幼なじみなだけに、一緒に出掛けることは軽々と成功したが、どうやらこの様子ではいい雰囲気に程遠い状態だったようだ。

「あっ、そうだ」

白雪が胸の前で手を叩いた。

「ここからはダブルデートしようよ」

「ぶっ！」

水を噴き出しのは、仁太郎だ。

「おいおい、丹沢ちゃん。丹沢ちゃんと廻はそりゃデートだよ？　でもおれと立夏は――」

「――いいだろう」

管藤が頷いた。

おっ、と思ったが、目が据わっている辺り、半分やけっぱちな気持ちのようだ。

「バカジンタ」

「何だ、バカ立夏」

「さっきから白雪と湖西、二人のラブラブを見ていて、何だかバカバカしくなっていないか？」

「⁉」

仁太郎はハッとし、強く頷いた。

「それはそうだな」

「楽しまないと、ここまで来た金がもったいないと思わないか？」

「同感だ」

「わたしたちはカップルではない。でも目の前で見せつけられた以上、気分くらいは味わいたい。違うか？」

「……いや、違わない」

「ならばわたしたちは幼なじみとして、協力すべきじゃないか？」

「今日一日、カップルらしく振る舞ってみる、と？」

「いや」

管藤が首を左右に振る。

肩に垂れ下がった三つ編みがふわりと揺れた。

「——らしく、じゃない。今日はカップルとしてダブルデートをする、だ」

「なん、だと……？」

「ふふふっ、どうだ？　バカジンタ、おじけづいたか？」

「へんっ、バカ立夏。誰がおじけづいたって？　おれは天下の彦田仁太郎様だぜ？　そのくらいでビビるはずないだろ？」

「じゃあ、決まりだな」

やるじゃないか——と俺は管藤を見直していた。

さすが幼なじみというべきか。仁太郎の性格を知ったうえでのうまい誘導だ。

ちらりと白雪を見ると、ほんのり微笑んでいた。

友人として管藤の頑張りが微笑ましかったようだ。

俺たちは喫茶店を出た後、四人で渋谷をぶらりと回ることにした。

王道のセンター街を歩き、気になったショップへ入っていく。

ただ俺の想定外だったのは、ショッピングするときの女の子のテンションの高さだ。

「あっ、これ可愛い！」

「確かに。白雪に似合いそうだな」

「こっちは立夏ちゃんに合いそう！」

「う～ん、ちょっとヒラヒラしすぎだし、もう少し丈も長いほうが……」

白雪も仁太郎と管藤の仲を応援する気持ちがあっただろう。

管藤も仁太郎との関係を深めたいという思いがあっただろう。

しかし目の前にあるのは色とりどりの魅力的な服やアクセサリーの数々。

俺と仁太郎は話題が合わず、たまに話を振られても、

「いいんじゃないか」

くらいしか言えない。

そのため俺と仁太郎は、

「何で女の子はこんなにショッピングが好きなんだろうな……」

という哲学チックな話題で盛り上がったりしたのだった。

結局、俺たちはお小遣いが頼りの貧乏学生なので、夕方まで歩き回ったが、買ったのは白雪と管藤が小物を一つずつという結果となった。

「何だか疲れたな、廻……」

「ああ……」

ほのぼのピクニックが、途中から耐久トライアスロンになった気分だった。

女の子が二人集まったパワーはすさまじく、最後のあたり、俺と仁太郎はベンチでだべっていたくらいだ。

「なぁ、廻。ダブルデートって何だったんだ？」

「さぁ？」

「おれたち、ただの付き人だったんじゃね？」

「デートと名前がついたものでも、仲のいい女の子二人を揃えてはいけない。特にショッピングでは厳禁ということなんだろう。勉強になったな」

「そんなの勉強したくなかったぜ……」

今もそうだ。目の前を歩く白雪と管藤は会話が止まらないらしく、買った小物のネタで延々と盛り上がっていた。

「んっ？」

ふとポケットに入れたスマホの振動に気がついた。

メッセージがある。

送ってきたのは、古瀬さんだった。

『あれから体調は大丈夫かな？　会うとまた君の記憶を刺激してしまうから、しばらくおれから会いに行くのはやめておくけど、何か相談でもあれば気軽に連絡をくれ』

チャラい感じはあるが根はいい人なのだ。

古瀬さんと会ったことで俺が倒れてしまったため、ずっと気にして何かと連絡をくれている。

「魔子様からか？」

仁太郎が余計なことを言って、スマホを覗き込んでくる。

「違う。古瀬さんっていう、お世話になった人だ」

「女？」

「どうしてお前はあらゆることを女性に絡めようとするんだ？」

「ホント、ジンタはバカなんだから」

どうやら俺たちの会話を聞いていたらしい。

管藤と白雪は足取りを遅くし、俺たちの横に並んだ。

「古瀬さんって、確かご両親絡みの話題でお世話になったって言ってた人だったよね？」

古瀬さんはお父さんの不正の件で出会った人だ。なので説明するのが難しく、白雪には今のようなぼかした表現で伝えていた。

「両親ってあれか？　収賄で捕まったっていう」

「バカジンタ！」

管藤が慌てて止めるが遅い。

仁太郎はあっ、とつぶやき、ヤバいことを言ってしまったとばかりに口を手でふさいだ。

俺は肩をすくめた。

「まあ、もう過ぎたことだし、お前らだったら言わないでくれるだろうから、話すよ」

長い話になりそうなので、場所を宮下公園へ移動した。

宮下公園はビルの屋上にあり、スケート場やボルダリングウォールもあって、たむろする人たちの年齢層が若い。芝生ひろばで落ち着ければと思って向かったが、幸いちょうどベンチが空いたので座ることができた。

そこで俺は、古瀬さんと出会い、お父さんの不正を追及し、お父さんが警察に自首するまでの流れを説明した。

「……というわけで、古瀬さんは俺や魔子に同情的で。まあ、魔子は一方的に嫌っているが……。だから何かと声をかけてくれて、力になってくれようとしてくれてるんだ」

「はぇ～、いろんな噂を聞いていたが、それが真相だとはな……。ぶっちゃけもっとひどい話を想像してたぜ～」

仁太郎のこういうあけっぴろげなところ、俺は嫌いじゃない。変に気を使われるよりずっといい。何よりひどい話を想像していたが、普通に友達をしているということは、こいつ自身気にしてないってことだ。

デリカシーはないかもしれないが、このゆるさは好ましいものだった。

「ま、わたしもね」

ポツリ、と管藤が口を開いた。

「湖西はともかく、あの才川さんが絡んでいたから、もっとヤバいのを想像してたかな」

管藤はとにかく魔子と性格が合わない。

互いに白雪と仲がいいのに水と油で、白雪を取り合うような関係だ。加えて仁太郎が魔子に惚れていることから、さらに関係をこじらせている。

だからこそ出てきた『あの』なのだろうが、それだけに重みが込められていた。

「……ごめん、ね」

白雪は——膝の上で拳を作り、うつむき涙を流していた。

「白雪⁉」

「私、廻くんとも魔子ちゃんとも仲が良かったのに、何も力になれなくて……」

「違うんだ、白雪」

どう言えばいいんだろうか。

頭をフル回転させ、言葉を紡ぎ出した。

「俺も魔子も、白雪が大好きなんだ。だから心配をかけたくなかったし、何よりこれは、家族である俺たち自身で解決しなきゃいけない問題だった。白雪に変な迷惑をかけたくなかったんだ」

「私は迷惑だとは思わない」

「すまない、言い方が悪かった。えーと、どう言えばいいのか……」

「おれ、廻の気持ち、なんとなくわかるぜ」

仁太郎は青空を見上げつつ、ぶっきらぼうに言った。

「だってさ、好きな子にカッコ悪いところ見せたくないじゃん？　迷惑も心配もかけたくないじゃん？　男って、そんなもんじゃね？」

俺では出てこない言い方だ。

しかし言いたかったことを、過不足なく表現している。

「……そうだな。仁太郎が言ったのと、同じ気持ちだ」

「廻くん……」

好きだから心配かけたくない。

そう、変な迷惑とか、回りくどい表現じゃダメなんだ。

それでよかったんだ。

率直な気持ちが通じたのか、白雪から悲愴感が取れていった。

「男って、変なところでカッコつけたがるよね〜」

管藤が白雪に抱き着いた。

「どうせカッコつけたって、普段のところも見てるんだから、続かないのに」

「あはは……」

白雪の苦笑いは賛同か否定かわからない、微妙なものだ。

「ジンタもさ、才川さんにカッコつけてるつもりかもしれないけど、逆にバカっぽく見えてるから」

「マジで⁉」

「もう『様』をつけてるだけで滑稽だって。『様』をつける男女で付き合うのが許されてるのは、プリンセスとナイトか、御曹司とメイドって相場が決まってるの」

仁太郎は首をひねり、突如ハッとした。

「つまりおれは、生まれながらナイトということか」

「バカ」

「それを真顔で言える精神力が凄いな」

俺と管藤がツッコむと、白雪が笑いをこらえていた。

「んふふっ……みんなおもしろいっ……」

口とお腹を押さえているが、完全に隠せていない。

そうだ、元々白雪は笑い上戸だった。

＊

帰りの電車は行きにも増してひどい混み具合だった。

ただ自由が丘で空きの座席が二つ取れたので、白雪と管藤に譲り、俺と仁太郎は目の前で立って話していた。

その後、電車が進むことで座席は空いたが、白雪たちと少し離れている。迷ったがさすがに俺たちも疲れていたため、やむなく離れて座ることにした。

「……今日の話聞いて、なんかいろいろ合点がいったわ」

突然、仁太郎がそうつぶやいた。

「いろいろってなんだ？」

「お前が根暗な理由とか」

「さらっと人を貶めるな。俺は根暗じゃない。お前がノー天気なだけだ」

「いやいやいや！」

仁太郎は物凄い勢いで手を振りながらツッコみ、一度腕を組んで首を傾げた後――

「いや、どう考えてもお前根暗だって」

再度罵倒してきたので、脇腹にパンチを食らわせた。

「いたっ！　無言での攻撃やめてくれる？」

「言われなき中傷には断固抵抗するのが俺の主義だ」

仁太郎の奥で寝ていたサラリーマンがチラリと見てきたので、俺と仁太郎は頭を下げ、声のトーンを落とした。

「まあ、あと魔子様に関しても、やっとわかったっていうか」

「例えば？」

「魔子様ってあれだけ美人で頭良くて運動もできて、マジで女神かと思うじゃん？」

「残念だったな。女神に一番必要な性格がめちゃくちゃ悪いぞ」

「んなことないって。お前についてる悪態って、ほぼ甘えてるだけじゃん」

薄々そうではないかなと感づいていたが、まさか仁太郎に言われるとは思ってなかった。

「……………」

「魔子様ってさ、何でも持っているように見えるのに、何も持ってない雰囲気というか。陰があるんだよな。そこが放っておけない感じで魅力だと思うんだが、それが話を聞いて、一端がわかったっつー感じなんだよ」

ほとんど魔子と話したことがないだろうに、よく見抜いている。

魔子に惚れ、勝手に願望を押し付けるやつは数えきれずいるが、こんなにちゃんと見ていたやつってどれだけいただろうか。

想定外の洞察力に、俺は率直に驚いた。

「あとこれはどーでもいいことなんだけどさ」

「何だ？」

「うちもなー、小学校高学年のとき、一緒に暮らしてたじーちゃんがボケちまってなー」

「……ああ」

「世話をするの大変だから、親父とお袋も疲れ果てて、喧嘩になったりしてさ」

「……………」

「ま、数年でじーちゃん死んじゃって、今は落ち着いてるが、当時はおれみたいなノー天気野郎でも結構メンタルに来たぜ。当然、家族全員事故で死んで、その後も迎えてもらった家で大変な想いをしたお前のほうが百倍大変だってわかってるが」

「仁太郎……」

仁太郎はお調子者であることは確かだが、ちゃんと相手を思いやるだけの優しさがあるし、誠実さもある。きっと管藤は、幼なじみであるがゆえにそういういい部分をたくさん知っていて、だからこそ好きなのだろう。

「つまり――」

仁太郎は俺の肩に手を置いた。

「魔子様はおれにくれないか、お兄様」

「死ね」

さっき無言で攻撃するのはやめてくれと言ったので、今回は殺意を声に出した後、腹にパンチを食らわせた。

「いや、廻、ちょっと冷静に聞いてくれ……っ！」

「何だ？」

「お前、同い年なのにめっちゃ大変な想いをしてきたって、おれは思ってるんだよ」

「ほう」

「幸せになってもいい、と思ってるんだ。そうじゃなきゃ、丹沢ちゃんみたいな可愛い子とイチャイチャしているところを見た時点で、もう許せねぇっつーか、普通闇討ちしてるって」

「闇討ちなんてことをしようとするのはお前だけだ」

「いだだっ」

さりげなく仁太郎の指の関節を極める。

周囲の目があまりにも冷たかったので、俺はしょうがなく放してやった。

よほど痛かったのか、俺に極められた関節に息を吹きかけながら仁太郎は言う。

「要するに立夏が何と言おうと、おれは応援してるから丹沢ちゃんと幸せになれよってことだ」

仁太郎は何やら勘違いをしているらしい。

管藤は時折俺と白雪の邪魔をするが、あくまで本気ではなく、俺をダシにして白雪に触れて楽しんでいるだけだ。きっと管藤は白雪の友達として俺たちを心の底では応援してくれているだろう。

仁太郎は管藤と幼なじみのくせに……いや、幼なじみであるからこそ、近すぎて見えないことが多いのかもしれない。

「で、魔子とはどう話が繋がるんだ？」

「お前と丹沢ちゃんが付き合ってると、そりゃ魔子様は寂しいだろ？　義理の兄と親友が付き合ってるんだから」

「ふむ」

「そこでおれの登場だ！　部活をやっていないおれなら、お前のマネージャーの代わりだってできるぜ？」

「お前が言うと、どこまで本気なのかよくわからないんだが」

「お前、結構ひどいよな。おれ、全部本気なんだが」

「……本当か？」

俺は仁太郎を見据えた。

嘘は許さないぞ、という空気を発しつつ、だ。

すると仁太郎からチャラけた雰囲気が消えた。

視線を逸らし、仁太郎が口を開く。

「なんつーか、こういうのって真面目に言うの、めっちゃ恥ずかしいな」

そう言って、照れくさそうに頬をかいた。

「でも……ま、一応本気っつーか……いや、かなりマジっつーか……。そりゃ立夏が言うみたいに高望みすぎるってわかってるんだけど……魔子さんを幸せにできたらなって、そんなバカみたいな夢、ないわけじゃなくて……」

仁太郎らしい、不器用な言い方だ。

そしてチラッと『魔子さん』と言っている。たぶん仁太郎は、表面上おどけて『魔子様』と呼んでいるが、心の中ではずっと『魔子さん』と呼んでいたのだろう。

俺はこれらの反応で、仁太郎は本気で魔子のことが好きなのだと理解した。

俺は魔子を不幸にしてしまった人間だ。

今は寄り添い、何としても守ろうと思っているが、もしかしたら別の男が守ってくれるのであれば、そのほうがいいのだろうか。

チクリ、と胸に痛みが走る。

魔子のすがるような声と温もりが、俺の脳裏をよぎる。

(——ダメだ)

か、か、胸の痛みの意味を考えるな。

俺は白雪が好きなんだ。もちろん魔子は愛すべき対象だが、家族として——だ。そうでなければならない。

俺は離れたところに座った白雪に視線を移した。

管藤と談笑している白雪は、あいかわらず朗らかで輝いてさえ見える。

「廻、どうした……？」

そうだ、管藤だ。

俺は仁太郎の魔子への気持ちを応援してやれない理由がある。

「仁太郎って、チルチルとミチルって知ってるか？」

チルチルとミチルは、童話・青い鳥の登場人物の名前だ。

青い鳥を知っているかと言うと、さすがに直接的過ぎる。もっと傍にはお前を見ているやつ——管藤がいるぞ、と俺が言いたいって、勘のいいやつなら気づきかねない。

それはさすがに管藤に悪いから、少し知ってなさそうな単語から入ったのだった。

「……ちるちるとちる？」

「なんだその次々にミスっていくような単語は」

「いや、お前が言ったんだろ？」

「チルチルとミチル、だ」

仁太郎は首を傾げた。

「うーん、名前からすると、童話か何かか？」

「そうだ」

「知らねぇなぁ。あ、でも白雪姫なら知ってるぜ」

興味がなかったのか、話題を変えられてしまった。

しかし話をチルチルとミチルに戻すと、青い鳥についても言いそうになってしまいそうだったため、やむなくそのまま会話を続けた。

「丹沢ちゃんと魔子様が仲がいいって聞いて、やっぱ連想したもんな。ま、話してみたら丹沢ちゃんって可愛いけど、姫っぽくなくて、いい意味で庶民的だったけど」

「じゃあ魔子はイメージ通りだったってことか？」

「なんつーか、イメージ通りになっていったっつーか」

「どういうことだ？」

「魔子様は敵が多いから、やっぱ『魔女』とかいう悪口は真っ先に聞こえてくるじゃん？　で、そのイメージを持って見てみたら、美人だけど、どう見ても『魔女』って言うより、『魔女の被害者側』っていうかさ」

「被害者？」

「陰があるってこと。どう見ても真っ赤なリンゴを食べさせて、白雪姫を毒殺しようとした側じゃなくて、そんな魔女の悪行のせいで苦しんだ側——例えば『魔女の子供』が魔子様だとぴったりだと思ったわけよ」

俺はつい連想してしまった。

『魔女』とは『美和子さん』みたいだ、と。

俺自身、美和子さんにはぞんざいに扱われたが、意外なほど憎しみを抱いていなかった。むしろ俺が来たせいで不幸にしてしまった人で、申し訳なささえ感じている。それはもしかしたら他人であったから冷めているのかもしれない。

でも、血が繋がっている魔子はどう思っているだろうか。

美和子さんの散財や暴走を密かに背負っているかもしれない。

──魔女の子供で、魔子、か。

仁太郎は何気なく言ったが、妙に心に残った。

「なんか魔子様を見ていると、力になってやりてぇなぁって感じるんだよ。まあぶっちゃけ美人で最高ってのもあるけど」

「お前、最後のほうが本音じゃないのか？」

「そんなことないって、お兄様」

「今度お兄様呼ばわりしたら殺す」

「いだだっ」

また関節を極めてやった。

(──まったく、人って難しい)

俺は心の中でため息をつかざるを得なかった。

万が一魔子が仁太郎に惹かれるとしたら、それは幸せなことかもしれない。

仁太郎はおバカなところはあっても根はいいやつだから。

でもそうはなってないし、俯瞰してみると、仁太郎は管藤と結ばれるのが一番いいと思っている。

かみ合いそうで、かみ合わない。

俺は電車の揺れを感じながら、最善とは何だろうかと考えこまざるを得なかった。

＊

仁太郎と管藤とは横浜駅で別れ、俺と白雪は元町・中華街駅で降りた。

今が一年で一番日が長い時期だ。

まだ空が暗くなるには、時間があった。

「もう少し、いたいな……」

白雪が俺の手に指を絡ませる。

「……ああ」

なんだかんだ言って、デートの半分以上の時間、仁太郎と管藤がいた。

「山下公園に行かない？」

「そうしよう」

俺たちは手を繋いだまま歩き出した。

地元と言える場所だけに、知り合いに見られていないかって怖さと恥ずかしさがある。

でも白雪が望むなら構わない。

（……いや、人のせいにするのはよくないな）

俺自身、白雪と手が繋ぎたい。

あの日、二人でどこまでも逃げようとした、小学校の卒業式の日。

手を繋いでたどり着いたのが江の島の海だった。

今もまた、手を繋いで海を見ている。

俺たちは昔よく話した石畳の階段のところに並んで座り、涼しくなってきた海風を全身に浴びながらぼんやりとしていた。

「綺麗だね……」

「ああ」

もう他にいらない。

贅を凝らした食事や豪華客船なんていらない。

ただ美しい景色があればいい。

必要なのは、同じ気持ちを共有することができる、愛する人だけだ。

この手の先にいる、大事な人を守るためなら何でもしてあげたい。

幸せを守るだけの、力が欲しい。

(……何だろうな、俺は)

何年も何年も、同じことばかり考えている気がする。

「廻くん……」

繋ぎ合った手に、白雪が力を込める。

振り向くと、白雪はそっと目をつぶった。

もちろんその行動の意味はわかっている。

じわり、と手に汗がにじんだ。

心臓が早鐘のように打ち始める。

白雪とは記憶を取り戻すために連れていかれた江の島で、一度キスをしていた。

そういう意味では二度目のキス。

迷うことはない。

なのに……なぜ——

——もう一度、あの子に内緒でキスをして。

魔子のささやきが、耳元から聞こえてくるのだろうか。

魔女の呪いとでも言うのか。

白雪が目をつぶり、キス顔で待ち受けている。

赤らんだ頬、愛らしい目元や鼻。華奢な肩。サラサラの髪。

なんて可愛らしいのだろう。

俺のキスを期待してくれているのがわかる。

そんな純粋無垢な白雪に惹かれれば惹かれるほど、魔子の声が強く聞こえる。

――ねぇ、メグル……して。


なんてことだ。

罪が、臓腑をえぐってくる。

俺が江の島で白雪とキスをできたのは、記憶が損傷していたためだったとでも言うのか。


――一緒に地獄に堕ちて……お願い……。


目の前に、幸せがある。

憧れ、求めた人がいる。

でも俺は、摑めない。

魔子を置いて、幸福になれない。

「廻くん……？」

何もしてこなかった俺を待ちきれなかったのだろう。

ゆっくりと白雪はまぶたを開けた。

「ど、どうしたの⁉」

「何が？」

「だって……泣いてるよ？」

白雪がハンカチを差し出してくる。

「あっ……えっ……？」

袖で頬を拭うと、確かに湿ったものがついた。

「じっとして。拭いてあげる」

「あっ、ああ、大丈夫！　自分でできるから！」

俺は急いで自分のハンカチをポケットから取り出し、白雪に背中を向けて涙を拭った。

「なっ、なんかごめんね！」

白雪の声が震えている。

フォローを入れなければと思っているのに、俺自身動揺し、顔を見られずにいた。

「廻くん、まだこの前不調だったばかりだし……今日は私が癒やす役目だったはずなのに……こんなおねだりしちゃって……」

「白雪は悪くない！」

俺はそう発した。

つい、叫びに近いほど強く。

「そ、そうかな……？」

声に不安が感じられる。

俺は自分自身を落ち着けるためにも、一度深呼吸をした。

「……悪い、強く言い過ぎた。でも、本当に白雪は悪くないんだ。俺が悪いんだ。……ごめん」

「そんな、自分を追い詰めなくても……」

「でも、本当にそうなんだ」

「何か不安なことがあれば言って。私、廻くんの力になりたいの」

白雪の言葉が誠実で優しいほど、俺の心は黒い感情にむしばまれていく。

でも暗い顔を見せてはいけない。

白雪には笑っていて欲しいし、魔子からも白雪と付き合えばいいと言われている。

俺が嘘つきになればいいだけだ。

笑え。詐欺師のごとく。

「心配かけて悪い。でも大丈夫。今日一日、白雪のおかげで癒やされたよ。ありがとう」

俺は、果たして笑えていたのだろうか……？

わからないまま、帰路についた。

＊

俺は白雪を自宅近くまで送った後、駅周辺に戻ってきていた。

何となく家に帰りたくなかった。少し考える時間が欲しかった。

気まぐれに中華街のほうへ足を向けてみる。

「あいかわらずにぎやかだな……」

異国情緒が豊かなためだろう。いつもたくさん人がいる。

駅前にはチャイナ服の人を見たことがないのに、ここではなぜチャイナ服を着た観光客がよく歩いているのかと以前から思っていたが、借りられるところがあると知ったのは最近のことだ。

雑踏に紛れると、少し落ち着く。

この世にはいろんな人がいると実感できるからだ。

（ここまで来たなら、夕食と土産を買ってくか……）

魔子はカロリーに対して凄く注意しているが、ゴマ団子には目がない。口うるさいが、ゴマ団子さえ出せば結構チョロく許してくれることもある。帰りが遅くなることはそれでごまかすとしよう。

「ええと……」

まずは魔子に夕食を買って帰ることを伝えたほうがいいだろう。

そう思ってスマホをポケットから取り出し、立ち止まったときのことだった。

ガッ、といきなり手首を掴まれた。

「なっ⁉」

手首を掴んできたのは、帽子にサングラスの女だ。

ジーパンをはいているのだが、嫌味なほど脚が長い。どれほど隠そうとしても、目立ってしまう美人のオーラが出ている。

犯人はすぐにわかった。

俺の手首を引っ張るので、やむなくついていくことにした。

「魔子もここに来てたのか」

「うるさい。黙ってついてきなさい」

なぜか不機嫌だ。

こういうときはされるがままにするのが一番だと経験で知っている。

俺はため息をつきながら、魔子についていった。

大通りから逸れ、建物と建物の隙間へ。

正直言ってここは、裏道とさえ言えない。

ただ配管が通っていたり、ゴミを一時的に置いたりするだけの場所だ。

当然人などいない。薄暗くなってきたせいで、光さえ少ない。

そんな閑散とした場所で、魔子は俺を壁に押し付けた。

「ねぇ……して」

上目づかいで俺にねだる。

サングラスの隙間から見えた目が、炎のように燃えていた。

魔子を包む炎は――怒りか、嫉妬か。

「魔子、もしかして……お前、俺が白雪と一緒にいたところ、見ていたのか……？」

「だとしたら、何？」

駅前は、俺たちの家から考えれば近所と言える。

だからこそ恥ずかしさが一瞬よぎったりしたが、よりにもよって魔子に見られていたとは、頭が痛い。

「『だとしたら、何』は、俺のセリフだ。そもそもお前が、白雪とデートにでも行けってけしかけてきたんだろ？」

「……でも、見たくなかった」

「見たくないなら、どうしてデートするよう言ったんだ？」

「あんたがシラユキとデートをするのと、それをあたしが見るのはまったく別だからに決まってるじゃない。あたしが歩いているような近所で手を繋いでるんじゃないわよ、バカ」

白雪を尊重するためにデートは許容するが、実際見るときついから見ていないところでやれ、ということか。

……俺は、もしかしたら魔子からの好意を低く見積もりすぎていたのかもしれない。

「悪かった。考えが足りてなかった」

「本当？」

「反省してる」

「最初からそう言えばいいのよ」

少し溜飲が下がったのか、魔子は満足げに鼻を鳴らした。

とはいえ俺を逃がすつもりはないらしい。壁に手をつけ、俺を路地裏とも呼べない隙間から逃げ出せないようにしている。

「どうしてキスしなかったの？」

「お前……山下公園までつけてたのか？」

「何？　暇人とでも言いたいわけ？」

「いやまあ、お前が今日仕事だったのは知ってるから、そうは言わないが……」

「しなくてもいいことをしたのはわかってるわよ。でも、気になってしょうがなかったから仕方がないじゃない」

魔子の中で論理性が一致していない。

俺だけじゃない。

揺れているんだ、魔子も。

「で、どうしてキスしなかったのよ？　初めてじゃないんでしょ？」

魔子は俺の胸に人差し指を這わせ、続きを促すようにぐるぐると円を描く。

そうだ、俺と白雪が江の島でキスしたことは、白雪が魔子に話しているんだった。

「……笑うなよ」

「笑わないから早く言いなさいよ」

「……お前の顔と声が浮かんだから」

サングラスがずれ、地面に落ちてカランと鳴る。

魔子の大きく透き通るような瞳が、驚きで見開いていた。

「あははっ！　あんたバカじゃないの？」

魔子は爆笑し、落としたサングラスを拾ってTシャツの襟にさした。

「笑うなって言ったはずだが」

「好きな子にキスをせがまれたのに、他の女のことを考えてやめたわけ？」

「解説するな」

「生真面目過ぎるっていうか……やっぱバカよね、あんた。それとも不感症なの？」

「俺は正常だ」

「それ、正常じゃないやつのセリフ」

魔子は大きく肩をすくめた。

「この世には、女を顔しか見てないやつがいっぱいいて……」

魔子は俺の目を見ないが、それでもまだこの場から逃がすつもりはないようで、戻る道を手でふさいでいる。

「女を身体しか見ないやつもたくさんいて……下半身でしか考えないやつも多くいて……」

「…………」

「その場その場しか考えないやつばっかりで……幸せになれればいいとかみんな言って……」

「…………」

「でもあんたは……あたしに罪悪感を覚えて、地獄に付き合うんだ……」

「たぶん俺には、そういう生き方しかできないんだ」

「──愚かね」

言葉が耳に届くと同時に、キスをされた。

「っ──」

ここは家の中じゃない。

人目のつきにくいところとはいえ、屋外だ。

俺は慌てて魔子の両肩を摑み、遠ざけた。

「あんたはバカだから、好きな子とキスができず、あたしなんかとキスすることになるのよ」

あいかわらずの減らず口に、イラっとする。

だから俺は言ってやった。

「バカで、愚かで、何が悪い」

「悪いとは言ってないじゃない」

魔子はサングラスをつけ直し、通りに足を向けた。

「──だからあたしは、あんたが好きなのよ」

本気なのか、からかわれているのか、よくわからない。

しかしいつの間にか魔子は上機嫌となっていた。

振り回されてばかりの俺は髪を掻きむしり、魔子の後をついていった。

＊

「廻くん……魔子ちゃん……」

偶然と言うには必然過ぎたかもしれない。

廻くんと魔子ちゃんの、キスするところを見たのは。

私は廻くんと自宅近くで別れたが、もう少し話がしたかった。

『心配かけて悪い。でも大丈夫。今日一日、白雪のおかげで癒やされたよ。ありがとう』

だってこのセリフを言うときの廻くんの顔が、あまりにも引きつっていたから。

何かしらの理由で嘘をついているのはすぐに理解できた。

でもどの部分で嘘をついているかはわからなかった。

『心配かけて悪い』

『大丈夫』

『白雪のおかげで癒やされた』

『ありがとう』

大丈夫じゃないことだけは確実だと思った。できれば『白雪のおかげで癒やされた』の部分は嘘であって欲しくなかった。

家に戻る僅かな時間に、もっとちゃんと話を聞けばよかったと思った。廻くんはごまかそうとするだろうけど、もう少し粘って詰め寄るべきだったと後悔していた。

だから慌てて戻った。まだ話す時間はあると思ったから。

当初は見つからず、近辺を走り回った。

適当に近場の人に聞いてみると、中華街のほうに向かったのがわかった。

廻くん本人は自分のことを目立たない人間だと思っているようだけれど、客観的に見て背が高いし顔が整っているので、結構目立つのだ。

そうしてまた聞き込みをすると、チャイナドレスのお姉さんが言った。

「ああ、なんか陰のあるカッコいい子、あっちにいたよ」

そうして見つけたのは、変装している魔子ちゃんと、手首を掴まれて引っ張られている廻くんだった。

魔子ちゃんが変装しているのは珍しいことじゃない。人気モデルなので、素顔で歩いていたらすぐに声をかけられてしまう。

最初は二人で夕食を中華街まで食べに来たのかと思った。

(でも、何か雰囲気が違う――)

魔子ちゃんは怒っているように見えたし、廻くんは慌てて見える。

嫌な予感がした。

でもすぐに頭を振って邪な考えを振り切り、まずは追うことに集中した。

二人は道とも言えない、建物と建物の隙間に入っていった。

まるで、急いで二人だけになろうとしているかのように。

見つからないよう、そっと覗き込む。

(っ――)

魔子ちゃんは、廻くんを壁に押し付けていた。

いわゆる壁ドンのような体勢だ。

あまりにも顔が近すぎる。

義理とはいえ、兄妹の距離じゃないとすぐに感じた。

魔子ちゃんはあまりに艶やかだった。

廻くんを誘惑するように、息を吐きつけ、胸に指を這わせ、そして退路を封じている。

チクリ、と胸が痛んだ。

最初は針で刺されたような痛みが激しくなっていき、胸を押さえていないと耐えられないほどの衝撃となって全身を襲う。

（魔子ちゃん――）

魔子ちゃんが廻くんを好きなのは、私にはわかっていた。

ずっとずっと昔から。

だから小学六年生のとき、言ったのだ。

『私、廻くんが好きなんだ……。機会があったら告白していいかな……？』

すると魔子ちゃんはすぐに言った。

『あたしに気にせず、好きにすればいいわ』

それから何年も経ち、魔子ちゃんの廻くんへの感情も随分変化したと思う。

好きの度合いも、小学生のころとは比べ物にならないほど大きくなっているだろう。

だから私は高校生になって再会した後、もう一度聞いた。

『私、今も廻くんが好きなの。告白、してもいい……？』

もしかしたらこれは圧力のように取られたかもしれない。

もし魔子ちゃんがダメと言えば、私と魔子ちゃんの友情にヒビが入る。

(でも、それでも——)

事前に伝えないほうが私は卑怯だと思った。

内緒で告白して、魔子ちゃんとの関係を悪化させるほうがダメだと感じた。

もし魔子ちゃんも廻くんが好きだと言えば、堂々と勝負しようと言おうと考えていた。

だって私と魔子ちゃん、両方が好きと言っても選ぶのは廻くんだから。

私ができることは廻くんに好意を示し、好かれるよう努力するだけだ。

そんな私に対して魔子ちゃんはこう言った。

『好きにすればいいわ』

廻くんと魔子ちゃんの間に、特別な感情があるのはわかっている。

高校生になって再会したとき、二人は笑顔を見せてくれたものの、その瞳の奥にある暗いものまでは隠せていなかったから。

一通りの事情は今日廻くんから聞いていた。

でもきっと二人は、口ではうまく表現できないような、とんでもないような状況を助け合って乗り越えてきたのだろう。

もしかしたら私がその中に入ることはできないのかもしれない。

(でも、私は——どうしようもなく廻くんが好きなのだ)

もちろん魔子ちゃんも好き。

できれば三人で一緒にいたい。

欲張りなのだ、私は。

そんな私ができるのは、せいぜい正々堂々と二人に向かい合うことぐらいだ。

(だと思っていたのに——)

吐息が焼けるように熱い。

これはたぶん、嫉妬だ。

嫉妬の炎で、私の胸が焼かれている。

『——愚かね』

他の言葉は聞こえなかったのに、なぜかそのセリフだけが聞こえた。

そう言うと同時に、魔子ちゃんは廻くんの唇を奪った。

――私はさっき、廻くんからキスを拒絶されたのに。
――魔子ちゃんは今、廻くんとキスをしている。

「あぁ……あぁぁ……」
視界が歪んだ。
今、目の前にある光景があまりに非現実的で、白昼夢かのような錯覚を覚えた。
「やだっ……ダメだよ……」
しかし逃避する脳とは裏腹に、肉体は現実を認識していた。
膝が震え、足元がおぼつかなくなる。
その場に立っていることさえ辛くなり――私は反転して駆け出した。
もう、見ていられなかった。
(私は廻くんの『恋人』なはずなのに)
どうしてこんなことになっているのだろうか。
(魔子ちゃんは、私のかけがえのない親友――)
とても大好きな二人。
でも大好きな二人が、私に内緒でキスをしていた。

——私はどうすればいいのだろうか？

——もしかして夢だったのではないだろうか？

——でも、現実のことだとしたら、私は……。

答えてくれる人などいない。

「白雪、ご飯食べないの？」

「いいから放っておいて！」

自室で電気もつけずに呆然としていた私は、声を荒らげてお母さんを突き放した。

こんな風に言うの、初めてだったかもしれない。

でも胸に宿る苦しみが、突き上げてくる黒い衝動が、そうさせずにはいられなかった。

「……わかったわ。ラップで包んで冷蔵庫に入れておくから、お腹空いたら勝手に食べなさいね」

スリッパの音が遠ざかる。

お母さんを心配させたことに、申し訳ない気持ちが湧き上がってきた。

しかし食欲が絶望的になかった。今の顔を、家族に見せられる気がしなかった。

どれだけ忘れようとしても、目の奥に焼き付いている。

廻くんと、魔子ちゃんのキスをしている姿が。

私は――

孤独な夜の中、果てのない自問自答を延々と続けた。

その三　　どうして、こんなことになっちゃったんだろう

＊

週が明けた月曜日。俺は教室に入ってすぐ白雪を捜していた。日曜日に雑務をこなしているうちに、デートの最後の別れ方がぎこちなかったのではないかと思い立ったからだ。

そのためスマホにメッセージを送ったが、珍しく返ってこない。いつもは遅くても数時間以内に返信があるのに、既読さえつかない。

そのため学校までは魔子と来たが、別れるなり小走りで教室に向かい、カバンを置いて白雪がいないか見回しているのだった。

「あっ」

白雪はいないが、管藤がいた。

なお、仁太郎はまだ来ていない。あいつは基本、登校は遅めだからいつも通りと言える。

「管藤」

「ん？　ああ、湖西か。どうした？」

管藤は耳に着けていたイヤホンを外した。

漏れ出た音から、クラシックであることはわかる。

管藤は吹奏楽部でトランペットをやっているらしい。話し出すとガーッと勢いがある管藤に何だか似合っていると思ったものだ。

「昨日、白雪にメッセージ送ったんだが、既読がつかなくてな。管藤は何か知らないか？」

「いや、昨日はわたし連絡取ってないし、わからんが」

「そうか」

少し間をおいて、いきなり管藤は眉間に皺を寄せてにらみ上げてきた。

「貴様ぁーっ！　もしかして一昨日、わたしたちと別れた後、白雪に手を出したな⁉」

「落ち着けって。手、出してないから」

「……本当か？」

「ああ。俺の目を見て判断してくれていい」

「……ふむ、ならいいが」

眉間に皺を寄せて俺を観察していた管藤は、肩から力を抜くと、ふいに小首を傾げた。

「……ん？　いや、もしかしてそれが原因か？」

「どういうことだ？」

「あ、それはいいとして」

「あまり良くない気がするが」

「細かいことは気にするな」

「魔子にもよく言われるんだが、俺ってそんなに細かいか？」

「ジンタに比べれば、百倍な」

「それは比べるやつを間違えている」

「ははっ、確かに」

管藤は白雪がいると、俺から白雪を取りたがるムーブをするのだが、一対一だとかなり冷静で話しやすいタイプだ。俺は女の子と話すことが得意ではないため、こういう軽口を言ってくれる部分は、とてもありがたい。

「土曜はすまなかったな。デートを邪魔して」

突然、管藤は話を変えてきた。

「気にしなくていい」

「白雪がダブルデートって言いだしたとき、断ってもよかったんだぞ？」

「別に白雪と出かけることはいつでもできるさ」

そう言ったが、実のところ白雪がダブルデートと言い出したとき、助かったと感じた部分もあった。

俺は魔子を守り、『本当の恋人』であらなければならない。

でも同時に、白雪が好きで、『恋人』を続けていたい。

ただ魔子のことがあるため、関係を進めることに戸惑いや罪悪感がある。

あの夢のような幸せな時間が邪魔されたことに腹が立たなかったわけではないが、愉快な乱入者が渡りに船だったのも事実だった。

「……そうか。いいな、付き合っているっていうのは」

やっぱりそうだ。

管藤は俺と白雪が付き合うことに反対していない。気にしているのは、俺が白雪を大切にしているか、だ。白雪と何かとベタベタし、俺に対しては白雪を取り合うライバルみたいな口ぶりをするのも、白雪を大切にしているためだろう。

管藤は白雪の幸せを心から望んでいる、いいやつなのだ。

「俺はお前のこと、応援してるぞ」

「……友達として、ジンタを応援するんじゃないのか？」

察しのいい管藤は、俺が何について応援しているのか正確に受け止めた。

「魔子はあいつの手に負えないと思う」

「ふふっ、それはまあ、確かに」

「だろう？」

「でもわたしを応援する中に『嫉妬』が混じっているなら、よくないと思ってる」

「意味がわからないんだが？」

「万が一にでも、才川さんがジンタに取られるのが嫌だったのでは？　と聞いているんだ」

管藤は俺を見上げた。その長い三つ編みがふらりと揺れる。

鋭い視線が、俺に突き刺さっていた。

管藤は心から白雪の幸せを望んでいるからこそ、俺と魔子の関係を疑っているのだろう。

「……魔子が幸せになれるなら、仁太郎に任せてもいいんだがな」

「本当にそう思っているのか？」

「……そうだな。完全に百パーセントそう思っている、みたいなことを言われると、違うかもしれない。俺自身にも、今まで魔子を守ってきたプライドみたいなものがあるから。でも、魔子に幸せになって欲しいと思っているのは間違いない」

「家族として、か？」

「管藤は俺に、魔子が恋愛対象だと言うように、誘導尋問しているように感じるが？」

管藤は胸の前にぶら下がる三つ編みをクルクルと回した。

「悪意のある問いに聞こえたのならすまなかった。ただ――」

「何だ？」

「ちょっとな。前から湖西と才川さんの間にある空気が、普通じゃないと感じていて……」

鈍い仁太郎はともかく、やはり管藤には感じるものがあったか。

嘘が下手な俺が取り繕うと、墓穴を掘る気がした。

だから嘘ではない範囲で告げた。

「これは魔子のセリフなんだが――『あたしとあんたの関係が正常だったことなんて、一度だってない』だってさ」

「……才川さんらしいな」

「なぜかは、俺が才川家に引き取られた経緯や、この前話したお父さんに関することでわかるだろう？」

「……そう、だな」

管藤は深く息を吐きだした。

「突っかかる形になってしまったが、誤解しないでくれ。わたしは白雪が大事なだけなんだ」

「わかってる」

「お前のことだって尊敬している。わたしがお前と同じ境遇だったら、とっくに潰れている」

「白雪が立ち直らせてくれたんだ。そして、白雪が俺に夢をくれた。だから今、こうしていられる」

「そうか。悔しくなるくらい、いい関係だな」

「お前と仁太郎も、きっとなれる」

「だといいが、な」

「おっはよーっす！」

そんなことを話しているうちに、仁太郎が教室に入ってきた。

あいかわらず元気なやつで、俺と管藤が話しているところを見つけるなり、自席にカバンも置かず近寄ってきた。

「何だ～？　お前ら二人で話してるのって珍しーな？」

「そういえばそうかも」

「白雪がまだ来てないから、知らないか聞いていたんだ」

俺がそう言うと、仁太郎はやれやれといった感じで肩をすくめた。

「廻、だからおれは前から言ってたじゃないか。押し倒していいのは、付き合って三か月後からだって」

「知らない人が誤解するようなことを言うな」

「いだだだっ！」

頭をわしづかみして握力を全開にすると、仁太郎は膝を叩いてギブアップ宣言した。

「まったく冗談がわからないやつだぜ……」

俺の攻撃から免れた仁太郎が、額の汗をぬぐう。

「言っていいことと悪いことくらい区別つけなさいよ、バカジンタ」

「なんか深刻そうな顔してるから、朝だし、軽快なジョークを一発かまそうと思ってな」

「心掛けは悪くないんだが、センスが絶望的に悪いな、こいつ」

「昔からデリカシーってのがないんだよね、ジンタは」

「お前らいろいろとひどいな」

仁太郎がツッコんできたが、俺と管藤は無視して話を進めた。

「あとすぐエロっぽい方向に話を持っていきたがるのも困るよな」

「そうそう～。小学生のころ、捨てられてたエロ本を堂々と路上で読んでたの、ドン引きしたんだよね～」

「管藤、お前が付き合ってやれば、もう少し落ち着くんじゃないか？」

軽く……そう、これで仁太郎がちょっとは意識してくれれば……くらいの感じで振ってみた。

すると――

「何言ってんのよ、湖西っ！」

「いでぇっ！　何でおれの背中を叩くんだよ、立夏っ！」

なぜか仁太郎が叩かれていた。

冗談めかしているが、管藤の顔は赤い。

(叩くのが俺であれば、可愛げがあるところを仁太郎に見せられたかもしれないのに……)

あいかわらず仁太郎は鈍いし、管藤は照れ隠しの仕方が悪い。

思わずため息をついていると、予鈴が鳴った。

「えっ……？」

白雪がまだ登校していない。

困惑しながら席につく。

ホームルームで先生は言った。

「今日、丹沢は体調不良で休みだ」

「へっ？」

隣の席の仁太郎が思わず驚きの声を上げた。

一昨日に俺たちは仲良くダブルデートしたばかりだ。それだけに体調不良と聞いてもピンとこなかったのだろう。

俺も仁太郎と、気持ちはまったく同じだった。

*

その日の放課後、俺は一人、白雪の家にお見舞いに向かっていた。

魔子や管藤も行きたそうにしていたが、

『ここはメグルが一人で行くべきよ』

『ここは湖西が一人で行くべきね』

と、普段は犬猿の仲であるはずの二人の意見が奇跡的に一致。

俺は白雪が好きな生クリームたっぷりのフルーツ大福を手土産に、白雪の家のインターフォンを押した。

「はーい、どちらさまですか？」

インターフォン越しに聞こえてくる中年女性の声。

白雪の家は才川家ほど豪邸といった感じはないが、入り口に監視カメラがついているくらいには裕福だ。

「湖西と言います。今日の配られたプリントと、丹沢さんのお見舞いを持ってきました」

「あれ、湖西って言うと、もしかして……」

「小学校が同じだった湖西廻です。覚えておいでかはわかりませんが……」

基本的に俺たちが遊ぶときは、白雪が才川家に遊びに来るというパターンだった。

なので俺が丹沢家に行くなんてその十分の一もなかったが、白雪の母とは何度も会ったことがある。

白雪とそっくりの母親で、人が良く、とても快活な人だったのを覚えていた。

「覚えてるに決まってるじゃない！」

いきなり扉が開き、最後に見たときより少し年を取った、白雪の母が姿を現した。

「もーっ、湖西って言うから一瞬誰かと思ったじゃない！　廻くんでしょ！　もーっ、うちの娘から繰り返しね！　廻くん廻くんって！　やだまぁ、聞いていたより随分とイケメンになっちゃって～！　背も高くなったのね～！　昔から将来有望だなって思っていたけど、こんなに立派になっちゃって！　あの子やるわね！」

「あ、あはは……」

玄関口から猛烈な勢いで話され、俺は苦笑いをするしかなかった。

中年女性のパワーって、凄まじい。

「もーっ、入って入って！　……いろいろ聞かせてもらうわよ？」

ギラリ、と白雪の母の目が光る。

蟻地獄につかまった気分だ。魔子や管藤に促されて一人で来たが、これは失敗したかもしれない。

しかし手招きされ、袖まで掴まれたらもう逃げられないだろう。

俺は覚悟を決めてプリントとお土産を渡し、靴を脱いだ。

「白雪～っ！　廻くんがお見舞いに来てくれたわよ～っ！」

白雪の母が二階に向けて声をかける。

「娘さんの体調は大丈夫ですか？」

「あらやだ！　娘さんだなんて！　今、白雪と付き合っていて、呼び捨てにしてるんでしょ！

わたしの前でも呼び捨てで大丈夫よ！」

　スパンッと背中を軽く叩かれた。

　いい人なのだが、ちょっと苦手だ。

「もう！　お母さん！　恥ずかしいからそういうのやめてよ！」

　白雪の声が二階からした。

　ドア越しの声だ。想像していたより元気なようだ。

「リビングに案内する？　それともあなたの部屋がいいかしら？」

「……ごめん！　体調が悪いから、今日は帰ってもらって！」

　声に張りがあるのだが、やはりどこか悪いようだ。

「ごめんなさいね、廻くん。白雪、昨日もずっと部屋にこもりっきりで……。体調っていうより、メンタルのほうに問題があるのかも……」

　白雪の母が声を潜めてつぶやいた。

「メンタル……？　正確にはいつからですか……？」

「土曜に遊びに行って帰ってきてから、ずっとこの調子で……」

　土曜って……デートをした日だ。

　つまりデートから帰って、ずっと引きこもっているってことになる。

「そんな……あり得ない……」

「土曜、俺と白雪はデートをしてました」

「……ああ、やっぱりそうだったの。朝早くから熱心に料理を作っていたし、ピクニックバスケットを持ち出していたから、きっとそんなことだろうと思っていたのだけれど……」

白雪の母は、最初から俺とのデート後に白雪がふさぎ込んでいることに気がついていたのか。

そうなると当然、俺との関係悪化を疑ったに違いないのに、笑顔で出迎えてくれた。

やはり昔と変わらず、白雪に似たいい人だ。

「途中からは友達も入れてダブルデートみたいな感じになったのですが、むしろ俺がついていくのが大変なほど元気だったので、正直驚いてます」

「そう……」

白雪の母は首をひねった。

「廻くんがお見舞いに来てくれたってことは、そこで喧嘩したってわけではないのよね？」

「ええ。昨日もメッセージは送ってたのですが、既読にならなかったので気になってたくらいです」

「訳がわからないわね……」

白雪の母は心底困っている、という感じだ。

もっとも疑うべき俺が普通にプリントとお土産を持ってきたことで、手掛かりがなくなってしまっただろう。

白雪は小学生のころ皆勤賞を取ったほどの健康優良児で、根が真面目なので登校拒否をするタイプではない。だからこそ今回の事態は深刻だった。

（どうして……）

俺は土曜のことを思い返してみた。

代々木公園でお昼を共にして、仁太郎と管藤と合流し、ダブルデートに。

四人で帰り、仁太郎と管藤は横浜駅で別れた。

その後、俺と白雪は山下公園に寄り——キスができずに別れた。

（俺がキスをしなかったことで傷つけてしまったのか……？）

可能性はある。

でも——そのときの表情、セリフを思い出してみても、白雪が学校を休むほどショックを与えてしまったとは思えない。

「——あっ」

突如、わかった。

白雪が引きこもってしまうほどの出来事。

もし、という条件付きだが、ただ一つある。
それは最悪で、最低な可能性だ。
——俺は白雪と別れた後、何をした？
中華街へ行き、魔子につかまり、人気のない場所につれられ、そして——
「はっ……はっ……」
血の気が引いていく。
あまりの恐怖で手が震える。
息をするのもやっとだ。
（でもそれしか考えられない——）
一生懸命頭を回転させ、他の可能性を探すが、空回りするばかりで思い浮かばない。
たぶんだけど、限りなく正解に近い結論。
そう——
——もし、白雪が俺の跡を追っていて、中華街での魔子とのキスを見ていたら……。

だとしたら、辻褄が合う。

合って、しまう。

「はっ……はっ……はっ……」

足元から崩れ落ちていく気がした。

酸素が足りない。

脳が悲鳴を上げている。

心臓が暴れ、口から飛び出てしまいそうだ。

（……俺は何年も、白雪への想いだけで生きてきた）

白雪の笑顔に救われ、白雪と結ばれる夢に浸って努力を続け、幸せを得てきた。

それが——終わる。

俺の世界が——生きてきた道が——崩壊する。

「どうしたの……？　大丈夫、廻くん……？」

俺の異変を見て、白雪の母が心配そうに覗き込んでくる。

（この人を、巻き込んではいけない——）

きっと白雪もそれを望んでいない。

そんな言い訳を用意し、俺は理性を振り絞った。

「すみません……。俺、この前まで事故で入院していたんですが、その後、時折体調が悪くなるときがありまして……」

「そうなの⁉　救急車呼ぶ⁉　それともリビングで寝ていく⁉」

「あっ、いえ、すぐによくなるので……今日のところはこれで帰ります」

「じゃあせめてタクシーでも――」

「家が近いですし、本当に大丈夫ですので」

これ以上はいられない。

「すみません、失礼します！」

俺は逃げるように丹沢家を後にした。

玄関を出るなり脇目もふらず駆け出し、疲れて足が動かなくなるまで走り続けた。

（もし白雪にキスを見られていたとしたら……）

そう考えると、じっとしていられなかった。

「はぁ……はぁ……っ！」

肺と足が悲鳴を上げたところで、ようやく俺は止まった。

気がつけば赤レンガ倉庫辺りまで来ていた。

全身が汗だくだ。シャツを脱いで海で泳ぎたいほどびっしょりになっていた。

まだ背筋に冷たいものが残っている。

ただ身体を動かしたおかげか、幾分精神の安定を取り戻していた。

（……そうだ。キスを拒絶してしまったことが、俺の想像以上に白雪を傷つけてしまった可能性だって残ってるじゃないか）

我ながらかなり都合のいい解釈な気がしていた。

でもそうとでも思わないと、俺は恐ろしくて歩くことさえままならない。

だからそう思い込むことにした。

（……まずは帰って魔子に相談しよう）

名案だと思った。

今、俺は正常な判断ができるとは思えない。

誰かの意見を聞きたかった。このことを相談できるのは、魔子だけだ。

――そのとき。

ブルルッ、とスマホが震えた。

恐る恐る見てみると、白雪からのメッセージだ。

『昨日は返信できなくてごめんね。それとさっきもせっかく来てくれたのに、帰らせちゃってごめんね。もしよければだけど、一時間後にいつもの山下公園の石畳のところで会えないかな？　今は髪とかもボサボサだから、少し時間が欲しいの』

一見すると、怒ったりショックを受けたりしている様子はない。

だが所詮は文字だ。白雪の心までは見通せない。

この一時間というのは、女の子特有のいろいろと準備に時間がかかる、と素直に受け取っていいのだろうか。

それとも俺の不安が的中していて、問いただす心の準備的な意味合いで、時間がかかると言っているのではないだろうか。

（……ダメだ）

俺が白雪の言葉を疑ったことなど、過去になかった。

なのにたった一つの懸念——俺と魔子のキスが見られたかもしれない——それだけで、こんなにも疑心暗鬼になっている。

なんて人は弱いのだろうか。

なぜ愛している人の言葉を素直に受け止めることさえできないのだろうか。

それはきっと、やましいことがあるからだ。

——おれを止めてくれてありがとう。

お父さんが、自首する前に魔子へ言った言葉だ。

今の俺は、なんとなくその気持ちがわかる。

泥沼に堕ちているとわかっているのだ。

でも、身動きができない。

どちらが正しいかわからない。

全部大切で、命を懸けても守りたいのに、どこへ向かえばいいかわからない。

（お父さん、あなたは今、どんな気持ちで刑務所にいますか？）

俺は今、そのことを無性に聞いてみたかった。

＊

山下公園の石畳まで、俺が今いる赤レンガ倉庫辺りからは徒歩でも一時間はかからない。

だから俺はゆっくりと歩いて向かった。

思考の袋小路に入り込み、ただただ海を眺めながら歩みを進める。

太陽の日差しに陰りが見えてきて、空は少しずつ溶けたオレンジの飴のような色に変わっていく。

潮の匂いが鼻孔をくすぐる。汗でぬれていたシャツは、石畳に到着するころにはいつの間にか乾いていた。

十七時を過ぎた辺りから、公園にいる年齢層も変わってきた。

小学生たちからカップルへ。

梅雨なだけに海風の湿っぽさはきついが、夜が近づけば気温が下がり、幾分楽になる。そこを狙って、雰囲気を求めるカップルたちが海というロケーションを楽しむために集まるのだ。

「お待たせ」

背後から声をかけられた。

振り返ると、真っ白なワンピースに身を包んだ白雪がいた。

この前、代々木公園に行ったときに着ていた服だ。

純白の服は、その名前と白雪の純真な心とがぴったりときていて、つい見惚れてしまう。

「……どうしたの？」

「綺麗だ」

俺は、柄にもないことを口に出していた。

「あっ、いや……ごめん。なんていうか……」

「あはっ、あはは……廻くんがそんな風に褒めてくれるなんて珍しくて、びっくりしちゃった。魔子ちゃんに褒めろって言われた？」

「いや、本当につい口ポロッと言っちゃっただけで……」

白雪が可愛らしくてまぶしいくらいだ。

俺の心は汚れている、と自問していたせいなのだろうか。

涙が出そうなほどその可憐さに胸を打たれてしまっていた。

「……横、座っていいかな？」

「当たり前だ」

「うん、そうだね」

言い方がぎこちない。

たったそれだけで俺の背筋は凍り付く。

やはり見られていたのか、問いただしに来たのではないか——そんな思考で脳がかき混ぜられ、冷や汗が全身から噴き出す。

ただ座っているだけなのに汗が止まらず、俺は落ち着くためにも額を丁寧にぬぐった。

「……体調、大丈夫？」

「あ、ああ」

「でもさっき、お母さんが廻くんの体調が悪いって」

「少し休んで、今はすっかりよくなったよ」

「でも汗が凄い」

「何だろうな。体調悪いって自覚はないんだが、体温の調整機能がおかしくなってるのかもしれないな」

我ながら苦しい言い訳だ。

汗の出る量が増えた気がした。

「もしかして私が知らないだけで、廻くんは重大な病気を抱えていたりしない？」

「……どうしてそう思うんだ？」

「だって今も調子が悪そうだし、お母さんにも退院後時折そうなるって……」

白雪の母についたその場限りの嘘を、白雪は真に受けている。

それが辛かった。頭を下げたくなるほど申し訳ない気持ちになった。

「いや、そんな病気はないよ。記憶が戻ってない部分があるだけで、身体は元気だ」

「そう？　魔子ちゃんしか知らされてないとか、知ってはダメとかない？」

魔子、の単語だけで胸が痛んだ。

「ほら、凄く重い病気だと、家族しか知らされないとかってあるでしょ？　例えばそういうのじゃないかって……」

白雪の様子がおかしい。

俺は大丈夫だと言っているのに、なぜそれほど俺の病気説に執着するのだろうか。

「もしそれほど重い病気なら、俺は学校に通えないし、白雪とデートもできないって」

ビクンッ、と白雪の肩が跳ねた。

……白雪が反応したのは、たぶん『白雪とデート』の部分だ。

「そうだよね……廻くん、私とサンドイッチ食べたとき、薬とか飲んでなかったし……」

「ああ。俺が重い病を持っているなら、丸一日遊びまわったりするなんて無理だろう？」

「じゃあ急に発作が出るときがあって、そのときだけ飲む薬があるとか……」

「だから白雪、俺は病気なんかじゃ……」

「そのとき廻くんは身体が動かせないから、誰かが薬を飲ませる必要があるとか……」

薬を飲ませる……？

俺じゃない、誰かが……？

そんなシチュエーション、あるのか……？

だとしたら、誰が……？

白雪以外で……？

「っ——」

日常の中でそんなことをする可能性があるのは、この世に一人しかいない。

……魔子だ。

「はっ……はっ……はっ……」

俺が魔子に薬を飲ませてもらう状況……？

俺が身体を動かせないのなら……？

どうやって……？

そう、例えば——

——口移しをして、とか……？

「はっ……はっ……はっ……」

たぶんそれが、見てしまった事実を問題がないように解釈しようとした白雪の結論なのだ。

俺が突如発作を起こし……身体が動かせないから……魔子が口移しをして薬を飲ませた……。

だからキスをしていたことはしょうがなかったのだ。恋愛感情などなかった。

そう白雪は解釈することで、俺たちとの関係を守ろうとしているのではないか……？

「はっ……はっ……はっ……」

苦しすぎる解釈だ。

だから白雪も自信がない。

俺に病気ではないかと聞く。

俺と魔子を信じたくて、俺が病気じゃないと言っても何度も確認する。

「ああっ……あぁっ……」

白雪は俺たちを信じているがゆえに、そう信じこもうとしたのだ。そうしてこの無理やりな解釈にたどり着いた。

それなら今の会話もすべて合点がいく。

だとしたら……そんなあり得ない仮定を思い込もうとするまでに、白雪はどれほど苦悩したのだろうか……？

考えるだけで俺は頭をコンクリートに打ち付けて割りたくなった。

俺は大好きな人に、こんなに辛い想いをさせてしまったのか……？

自分自身が気持ち悪い。存在しているだけで反吐が出そうだ。

白雪が引きこもり、学校を休むほどの苦しみを与え……俺は最低な詐欺師にも劣る下手くそな道化を演じている。

ふと頭の片隅で魔子の声がリフレインした。

『あんたは堂々としていればいいのよ。何なら、シラユキと付き合ったっていい』

『……本気で言ってるのか？』

『あたしは裏があればいい。表でシラユキと付き合っていても、問題ないわ』

『……意味がわからないんだが』

『シラユキが『恋人』で、あたしが『本当の恋人』。それでいいと言っているの』

『よりわからなくなった』

『シラユキは、あたしにとって唯一の親友なの。シラユキの悲しむ顔は見たくないわ』

『俺はそんなことができるほど、器用になれない』

『なれないんじゃないわ。やりなさい。それが、それだけが、あたしたちが三人でいられる――いえ、あたしたち全員が幸せになれる道なの』

俺は不器用な人間だ。

でも、それでも、三人で幸せになるには、俺は嘘をつくしかない。

……そうわかっているのに。

言い訳も――

弁解も――

謝罪も――

喉まで出てきているのに、吐き出せない。

前にも後ろにも進めず、俺はただ固まってしまっていた。

「……やっぱり、そうなんだね」

驚くほど落ち着いた声だった。

「答えがわかっちゃったから、私から言っちゃうね」

白雪は視線を正面に……公園を見据えたままつぶやく。

「土曜ね、廻くんと魔子ちゃんがキスをしているところ、見ちゃった」

「っ！」

息が、詰まった。

不思議なもので、発言の重さに比例した衝撃はすぐに来なかった。

でもボディーブローのようにじわりじわりと胸をむしばんでくる。

半袖でも十分な気温なのに、身体の芯から震えが来て止まらない。

制服のシャツはまた冷や汗でびっしょりとなっていた。

「はっ……はっ……はっ……」

何か言わなければならない。

そう思っているのに、言葉が出てこない。

息をするので精いっぱいだ。

何かを言えば、すべてが壊れてしまいそうな気がする。

そんな意味のわからない恐怖があった。

「……魔子ちゃんが廻くんのこと、好きなのは知ってたよ。それこそ、小学生のころから」

「そう……なの……か……？」

やっとのことで、それだけを口にした。

意外過ぎる。にわかには信じられない。

そもそも俺は今のような関係になってさえ、魔子から面と向かって好きと言われたことがほとんどない気がする。

魔子とは共犯者の関係であり、俺への好意は、依存、執着、独占欲——そんな言葉のほうがしっくりきていた。それだけに小学生のころから好かれていたというのは、意外を通り越して冗談のようにさえ感じた。

「小六のときなんか、私、魔子ちゃんに言ったことがあるんだ。『私、廻くんが好きなんだ……。機会があったら告白していいかな……？』って。そう言ったら、魔子ちゃんどう言ったと思う？」

「…………」

「『あたしに気にせず、好きにすればいいわ』だって。魔子ちゃんらしいよね」

白雪の口調は思いのほか明るい。

それがなぜだかわからなくて、暗い声を出されるより怖かった。

「たぶん小学生のころは魔子ちゃんにとって、廻くんは恋をする相手とまでは思ってなかったのかも。義理の妹って事情があったし、家庭の問題もあったから。でもね、私はわかっていたよ。魔子ちゃんはずっと廻くんのこと、異性として好きだったたって」

「俺は……いつも魔子にはぞんざいに扱われていて……」

「愛情の表現方法が全然違うだけなんだよ。高校生になって、私はもう一度聞いたの。『私、今も廻くんが好きなの。告白、していい……？』って」

「えっ……？」

ズクンッ、と脳が痛む。

「そうしたら魔子ちゃん、昔と同じように『好きにすればいいわ』って言ったの」

ズクンッズクンッ、と脈拍に合わせて脳の痛みは、少しずつ激しくなっていく。

「口ではそう言っても、私には魔子ちゃんが廻くんのこと好きなのはわかっていた。でも、口に出したってことは責任があるはず。だから私は廻くんに告白したの。なのに、今になってこんな……」

ああ、そうだ。

高校に入学して、まだ一週間しか経ってないときのことだ。

まだ慣れない高校生活の中、俺は白雪に校舎裏に呼び出された。

『こんな場所、初めて来た。でも、どうしてわざわざこんなところに？』

『廻くん……ずっと好きでした。私と付き合ってください』

ほんのり頬を赤らめる白雪がたまらなく可愛くて。

俺は即座に『うん』と言いかけたが、脳裏に魔子の顔がよぎった。

『一日だけ、考えていいか。明日、必ず返事するから』

『もちろん。いつまでだって待ってる』

この日、俺は家に帰り、魔子に告げた。

『今日、白雪に告白された』

『あ、そう』

『あ、そう、って……』

『シラユキの気持ちなんてわかってるに決まってるじゃない。それに、あんたの気持ちも。付き合いたいって言うんでしょ？』

『でも、お前が――』

『好きにすればいいわ』

俺に何度もすがりついてきたリビングで、魔子はそっけなく言った。

『本当に、いいんだな？』

『ええ。前に言ったじゃない。シラユキが『恋人』で、あたしが『本当の恋人』。それでいいと言っているの』

『本当に、そんなことも言ったわ。やりなさい。それだけが、あたしたち三人が幸せになる道だって』

『できなければ？』

『あたしたちの関係は破綻ね。どこがどう破綻するかはわからないけれど』

『俺は……地獄に堕ちるだろうな……』

『バカね。とっくに地獄に堕ちているわよ』

そうだ、俺はもう地獄にいた。

それを忘れていただけなんだ。

「廻くん⁉　大丈夫⁉」

気がつけば俺はよろめき、石畳に手をつけていた。

額の汗を白雪がハンカチで拭こうとしてくれたが、俺はやんわりと断って自分で拭った。

「俺は……どうすればいい……」

ようやく口にできたのは、そんなセリフだった。

「俺は……白雪を裏切っている……。白雪を傷つけている……。なのに俺は、黙っていることが、正しいと思ってしまった……」

罵倒されるのが当然だと思った。

しかし白雪はあいかわらず落ち着いた口調で語る。

「……それはね、とても間違っているけれど、実は正解の一つだったんじゃないかって。ここ数日いろいろ考えているうちに、思ったかな」

「……間違っているのに？」

「そう、間違っているのは確かなの。でも、魔子ちゃんの立場や状況まで考えていったら……私、魔子ちゃんを否定できなかった……。私は魔子ちゃんと、親友だから……」

「白雪……」

いい子過ぎる。

白雪は今、俺と魔子にあらゆる罵詈雑言を吐いても許される立場にいるだろう。

にもかかわらず俺や魔子の立場まで考えてしまっている。

それが幸か不幸かと言えば、俺は不幸のように感じていた。

「でもやっぱり、納得いかないことがあって……」

「……そんなの、当たり前だ」

「廻くんと魔子ちゃんが、キスをしている姿が目の奥から離れないの……。悔しくて悲しくて、どうしようもなくなるの……」

悲痛な一言一言が、俺の血を凍らせる。

俺は魔子へ償うため守り続けることを心に誓った。

ならば白雪へは？

この罪を、どう償えばいい。

愛する人を守るために、俺は何をすればいい。

「──白雪、愛してる」

口にした瞬間涙がにじんで、鼻の奥がツンとした。

歯の根がかみ合わず、カチカチとなっている。

白雪は俺の夢であり、恩人であり、女神だ。

ここ数年、彼女のことを想わない日はなかった。

ここまで生きてこられたのは、間違いなく白雪がいてくれたおかげだ。

そんな大切な人を苦しめている自分が許せない。

でも俺は、何をすればいいのだろうか。

わからない。

許しを請うことさえ罪に感じる。

わからなさ過ぎて、頭の中がぐちゃぐちゃだ。

かき混ぜて壊してしまいたい気分になる。

そんな混乱した脳で導き出した、ただ一つの結論――それが、この言葉だった。

「廻くん、そう言ってくれるのは嬉しいよ。でも私が聞きたいのはそういうことじゃなくて……」

「――愛しているんだ」

「――ずっと好きだった」

「魔子ちゃんとキスしてたこと、そういう言葉でごまかすの?」

「――嘘じゃない。本当に好きなんだ。ずっとずっと、大好きだったんだ……」

「そんな風に言われると、軽く聞こえちゃうよ……? 口先だけで私を好きって言ってるんじゃないかって、疑いたくなっちゃうよ……?」

「でも本当だから、好きとしか言いようがないんだ……」

俺は素直な気持ちで告白をしている。

なのにどうして涙があふれて仕方がないのか。

こんなにも愛する気持ちでいっぱいなのに、それ以上の苦しみと悲しみが全身を駆け巡っている。

「愛してる。嘘じゃない。好きだ。愛してる。白雪だけが、俺の救いだった。白雪だけをずっと想っていた。今、どんな言葉を言ったって、都合のいいものにしか聞こえないことはわかってる。でも、そのことだけでも、知っていて欲しいんだ……」

涙は止まらない。

人は悲しみで泣く。また大きな喜びで泣くこともある。

でも、愛する気持ちだけでも泣けることを、俺は知った。

「──少し、考える時間をもらえないかな？」

両手で顔を覆い、伏せる俺の背中に白雪は声をかけた。

「……私も、頭が整理できてないの。廻くんのこと、大好き。本当に大好きなの。でも──」

白雪はそっと自身の手の平を見た。

「今、このままでいたら、頬を叩いてしまいそう……」

「叩きたいなら、叩いてくれていい」

「それはそれで罰を与えたみたいにとらえられて、区切りにされたらよくないと思うし」

「……厳しいな」

「好きだから、うかつなことをしたくないの。もちろんそれは魔子ちゃんに対しても」

白雪は立ち上がり、踵を返した。

「どうして、こんなことになっちゃったんだろう……」

それだけつぶやき、白雪の足音は遠ざかっていった。

周囲にある街灯に光がともりだす。

俺はその場を動けず、ただ額に手を当てていた。

「どうして、こんなことになっちゃったんだろうな……」

俺は白雪にかけられた言葉を反芻していた。

思い出してみても、どう行動すればいいのかわからない。

俺は魔子を受け入れなければよかったのだろうか。

でもそうしたら魔子は、寄りかかる人がいなくなり、下手したら今ごろこの世からいなくなっていたのではないだろうか。

そんなことを考えると、間違っていたかどうかはわからない。

俺は白雪を愛さなければよかったのだろうか。

……嫌だ。そんなことはあり得ない。

俺は自然と白雪に惹かれた。

俺が俺である限り、白雪を愛するのは決定的だった。

じゃあ俺が白雪に救われなければよかったのか。

もしかしたら、それが一つの正解かもしれない。

魔子の家に引き取られたが、魔子は白雪を俺に紹介せず、俺は家族が死んだことを引きずっ

しみはなかったかもしれない。

いや、そこまで言うなら、俺は本当の両親と事故で死ぬべきだったのではないだろうか。

そうすれば美和子さんは俺を引き取ったことでお父さんと喧嘩をすることがなく、親戚に嫌味を言われず、最終的には精神病棟に入院場所を移すこともなかった。

当然、お父さんは不正に手を染めずに済んだし、魔子は両親に愛され、今のように仕事で苦労することもない。

(ああ、そうか――)

涙はいつしか止まっていた。

俺は公園の水飲み場で蛇口をひねり、頭から水をかぶった。

(間違っていたのは、他人や世界じゃない)

頭を振り、水滴を振り払い、顔だけはハンドタオルでぬぐった。

そうだ。

気づくのが遅すぎだ。

間違っているのは――俺という存在だ。

＊

俺が才川家に戻ると、リビングから魔子の声が飛んできた。

「ちょっとメグル！　今日の夕飯どうするのよ！」

嫌味ったらしいほど長い脚を組んで、お姫様のような高飛車ぶりでソファーに座っている。

だが今の俺は相手にする気力が湧かなかった。

「……今日は適当にデリバリーで済ませてくれ。俺はちょっとやりたいことがあるんだ」

「メグル……？」

俺はそのままの足で自室に向かった。

鍵をかけ、デスクへ向かう。

取り出したのはルーズリーフだ。

我ながら古風だと思うが、いくつか書き残しておかなければならないことがある。
○もしこれを読む人がいて、自分がいなくなっているとしたら、それは自分が望んだことであり、誰のせいでもないこと。

これはまず書いておかなければならなかった。

俺がいなくなった際、特に同居している魔子にはいろんな誹謗中傷がいくかもしれない。

それを少しでも守る盾となるものを用意しておかなければならなかった。
○ここにある銀行カードは才川魔子に譲る。暗証番号は『１４６３』。
俺の本当の家族が残してくれた遺産がすべて詰まった銀行カードだ。

暗証番号の１４６３は俺と妹の誕生日から取られている。

俺が十月四日生まれ、妹が六月三日生まれ。

俺の十月から○を取ると、１４６３となる。

この記憶はなぜか先ほど、ふいによみがえった。理由はわからなかったが、せっかくのお金を無駄にしたくなかったので好都合だ。

そういえば、まだ思い出せていないこともある。

——俺がなぜ記憶障害になったのか。

俺と白雪が付き合い始めた後、記憶障害になるまでが繋がっていない。

でも何となく想像ができる。

――まったく同じようなことを繰り返すんだから。


かつて魔子（まこ）はそう言った。

（俺は、繰り返しているんだ。記憶がなくなった前と後で、同じようなことを）

だから銀行カードの暗証番号を思い出せたのだ。

じゃあ今、俺がこれからやろうとしていることも、かつての俺はやろうとしたのだろうか？

それなら繋（つな）がる。

俺が記憶障害になった原因は、俺自身が引き起こしたことだったんだ。

不思議な感じだった。自分の行こうとしている道に、自分の足跡があったような、変な納得感と気持ち悪さがある。

俺はその他、雑多な事務事項をルーズリーフに書き残し、銀行のカードと一緒に引き出しに入れた。

（よし、これでいい）

先ほどまでの荒立っていた気持ちが、驚くほど静まっていた。

必要なことを無心で書いていたせいかもしれない。

魔子に機嫌が悪いときは写経でもするといいと書きたそうかと思ったが、どうせやらないだろうから意味がないと思ってやめることにした。

「さて、と」

行くとしようか。

持ち物はスマホと財布だけで十分だ。

その二つをポケットに突っ込み、部屋のドアを開けた。

すると廊下で魔子が両手を腰に当て、仁王立ちしていた。

「どこ行くのよ」

「ん？　ちょっとコンビニでも」

俺が横をすり抜けようとすると、魔子は壁に足をつけてふさいできた。

「魔子、この前の中華街のときもそうだったが、人の行く道をふさぐのはよくないぞ。特に足でやるのはやめたほうがいい」

モデルとして羨望の的となっている魔子の美しく長い脚が、太ももまでさらけ出されている。いくら家庭内といっても、短いスカートでやるには危険すぎるし、何よりはしたない。

「ホント、あんたはどこまでも細かいのね」

「これでもお前を想っての忠告なんだがな」

「──なら逃げないでよ!!」

いきなりの一喝。

俺は瞬時に意味が理解できず、数度の瞬き（まばた）の後、やっとのことで疑問を口にした。

「逃げるって、何のことだ？」

「コンビニ行く？　嘘（うそ）でしょ？」

「どうしてそう思うんだ？」

「あ、あの日と、行、動が、一、緒、だ、か、ら」

あの日──

魔子（まこ）がこの場面で使う可能性のある日にちを思い浮かべ、一つだけ思い当たるものがあった。

「俺が事故にあって、記憶障害になった日のことか……？」

「ええ。確か白雪（しらゆき）と付き合って初めてのデートの日だったわ」

ズクンッ、と脳に錐（きり）で刺したような痛みが走った。

（……そう、だ）

あの日、俺は、白雪（しらゆき）とデートに向かった。

池袋の水族館だ。

とても楽しい一日だった。

一緒に魚を見たり、公園を歩いたり、ショッピングをしたりして――

でも同時に、俺の心には『本当の恋人』である魔子のことが頭から離れなかった。

幸せなだけに、苦しかった。

楽しい分だけ、責められている気がした。

俺は魔子を守るためなら何でもすると決めていた。

一度は心が壊れかけたが、魔子への責任感と薬で何とかせき止めていた。

しかし――白雪が目の前にいる幸福と苦しみは、想定をはるかに超えていた。

中学時代、白雪と離れていたからかろうじて両立できていたんだ。

それを俺は、たった一回のデートで否応なく知り――

そして――


――たぶん、今と同じ結論に至った。


「あんたは、繰り返している」

ぐるりぐるり、目が回る。

そうだ、俺は廻っている。

「あんた、部屋の引き出しに遺書を残したでしょ？　内容は自分がいなくなっても誰のせいでもないこと、あと本当の両親からの遺産が入った銀行カードの暗証番号。番号は『１４６３』。違う？」

「っ！」

かつて魔子は俺個人の銀行口座の番号は知らないと言っていた。

でも俺が教えてないのに知っている。

嘘をついていたのだ。この記憶にたどり着く可能性があったから。

「じゃあ本当に……以前の俺も……？」

「これ、見て。さっき取ってきたわ。誰にも見せず保管しておいたの」

魔子が渡してきたのはルーズリーフだ。

そこには見慣れた自分自身の文字が並んでいた。また内容も魔子が言っていたもの——そう、俺がさっき書いたものと酷似していた。

「このルーズリーフの存在は、医者の先生にも言ってないわ。だからあんたの記憶を損傷した事故の真相を知っているのは、あたしだけ」

「そう、か——」

今、俺は、完全に理解した。

「俺は、交通事故じゃなくて、自殺未遂で記憶障害になっていたのか——」

ああ、あらゆるセリフが廻って戻ってくる。

『健忘には、心因的ストレスが直結している場合が多い。だからある期間、ある範囲、ある系統で忘れるってほうが多いし、自然だ』

『トラウマができてしまい、そこだけ忘れるとか？』

『そうだね。自己を守るために記憶を封印したパターンだね』

俺は自殺をしようとするほど追い込まれていたため、事故とともに記憶を封印していた。

だから白雪と魔子、二人との——特に恋愛に関する記憶が、思い出せずにいたのだ。

『本当に……記憶喪失なんだ……』

『あの——』

『——許せない』

記憶障害後、再会してすぐ魔子はそう言った。

俺と魔子は、地獄を共に歩む共犯者。

死に逃げようとした俺を、記憶障害となって罪から逃げようとした俺を、魔子は許せなかったに違いない。

『『もしあたしが本当の恋人だったら』――シラユキが恋人でありつつも、あたしが本当の恋人であるだけの理由があったことになる。それは今のあんたの常識では考えられないほど、とんでもないことのはず。それほどのことを軽視していいのかしら？』

『っ――』

『あたしの言葉を無視して、シラユキだけを恋人とするのは簡単よ。ただし、記憶を取り戻した後、強い後悔を覚えるかもしれないわね。それこそ、死にたくなるくらい』

今ならあのときの魔子がなぜこういう言い方をしたのかわかる。

魔子は俺の記憶を刺激するため、『死にたくなる』という事故の真実に迫るワードをチョイスしていたのだ。

そういえばあのとき、魔子はこんなことも言っていた。

『今の俺は、二股をかけてることになってるんだぞ？　お前のほうが嫌がって当然だろう』

『……そうね、そう思っていたんだけど……何だか悪くない気もしてきたわ』

なんとなくわかる気がする。

俺たちは中学時代に背負ったものが重すぎた。

それが一時的にでもなくなり、また新しい関係を築けるとしたら――

もし俺が魔子と逆の立場になったとしたら、記憶を刺激するのを減らしたかもしれない。

そう、それこそ、俺の記憶障害というあやふやな状況が、悪くない気がするから。

でも愚かな俺は魔子の事情など気にせず記憶を求めた。そして本能の赴くまま、白雪に惹かれていった。

白雪は俺と恋人となったばかりで、俺と魔子の事情など知らない。だから当然熱心に看病しようとしてくれるし、俺の記憶が少しでも早く戻って欲しいに決まっている。

だから江の島へ俺を連れていき――

『まだ俺、思い出せないこともたくさんあるけど、これだけははっきり言える。俺の初恋は白雪だった。ずっとずっと好きだった』

『うん、私も！　私も、ずっと廻くんが好きだった！　そしてもちろん――今も大好き！』

（そうか……）

純粋な想いを、まっすぐにぶつけてくれたのだ。

あのときのキスが、俺の白雪とのファーストキス。

なんて皮肉なのだろうか。

魔子との記憶がなくなり、罪悪感がないからこそ白雪とキスできたんだ。

そういえば俺が白雪に『魔子に嫌われてるのかな？』と相談したとき、白雪はこう言っていた。

『……私が転校していた中学時代——廻くんと魔子ちゃんに、大変なことがあったことだけは知ってる』

『……そうなのか』

『でも、私が知っているのは結果だけ。二人がどんな気持ちで、その結果にたどり着いたかまでは知らない』

『白雪は、魔子にそのときのことを聞かなかったのか？』

『……聞けない。恐ろしくて』

『おそ、ろしい……？』

『大丈夫だよ、廻くん。私は、ずっと、何があっても、廻くんの味方』

白雪は魔子が俺のことを好きだと感じていた。

だからこそ中学時代、特別な状況に置かれた俺たちがどんな関係になったのか、すでに悟りかけていたんだ。

でも白雪は親友である魔子を疑いたくなくて、掘り下げなかった。

(俺たちは、俺の記憶障害という特殊な状況下で、本当にギリギリのところで付き合っていたんだ——)

今、封印されていた蓋はすべて開いた。

『——なら逃げないでよ!!』

そのことでようやく、魔子の言っている意味が理解できた。

俺は、魔子と、白雪と——現実に向かい合わなければならなかった。

「俺は逃げてるつもりはなかったが、お前にとっては『死』は逃げなんだな」

「当たり前でしょ! あたしをこんな地獄に置いて……一人で楽になろうだなんて……あたしは絶対に許さない……っ!」

魔子が俺の胸に飛び込んできた。

ふんわりと香水の匂いが鼻の奥を刺激する。

魔子のウェーブする長い髪が、俺の頬を撫でた。

「あんたがシラユキと仲良くすると、嫉妬で狂いそうになるわ……っ! でもあたしは、シラユキとも仲良くしていたいの……っ！　あんたがシラユキと別れて、あたしとシラユキの関係がぎくしゃくするのも、怖くて怖くてたまらないの……っ！」

「……ああ」

「確かにあんたが死ねば、それらの苦しみは全部なくなる……っ！　でも！　そんなこと望むはずがないじゃない……っ！　あんたの幸せそうな顔を見るのが、あたしは好きなのよ……っ！　だから——だからシラユキと付き合っていることも認めて——」

「ごめん……本当にごめん……」

「謝るんじゃないわよ！　あんたも、あたしも、シラユキも、誰も悪くないんだから……っ！」

魔子が俺の胸を叩く。

何度も何度も——叩く。

それは悲痛な叫びと同じ意味なのだと、俺は理解していた。

誰も悪くないなら、なぜ俺たちはこれほど苦しむのだろうか。

運命とでもいうのだろうか。

俺は魔子の肩をそっと抱き、苦しみが少しでも減ることを願うことしかできなかった。

＊

魔子が泣きじゃくって収まらないので、俺たちはリビングに場所を移した。

「ねぇ、膝枕して……」

そうねだるので、俺はソファーに座り、膝の上に魔子の頭をのせた。

テレビのついていない部屋で、魔子のすすり泣きだけが延々と聞こえる。

俺はただただ魔子の頭をゆっくりと撫でた。

そんな寂しくも穏やかな時間が続き——やがて落ち着いた魔子は、頭を起こした。

「お腹空いた。何か作って」

「いきなり何だ？　今までの流れぶち壊しじゃないか」

「……文句ある？」

「わかった。すぐ作る」

俺は冷蔵庫にあった材料だけでできる、ペペロンチーノを作ってやった。

すると辛すぎると文句を言われた。

「魔子に伝えておかなきゃいけないことがあるんだ」

俺が自分の分のペペロンチーノを食べ終えて告げると、魔子はフォークを止めた。

「……いい話？　悪い話？」

「悪い話だ」

「どのくらい？」

「程度を説明するのは難しいな」

「じゃあ、あんたが自殺しようとしたことと比べたらどう？」

「同等ぐらいだな。俺はそのことがあって、自殺を考えたから」

「……聞きたくないわね」

カラン、と陶器の音が鳴る。

魔子がフォークを荒々しく置いたのだ。

「ちなみに、聞かなかった場合はどうなるのかしら？」

「より状況は悪化するだろうな。お前の心の準備ができてない分だけ」

「最悪ね」

「俺も、どうしていいかわからない」

魔子は大きなため息をついた。

「もう食べられないわ」

とはいっても、魔子は小鳥の餌ぐらいの量しか食べていない。

フォークを持っていたといっても、大半の時間は具のブロッコリーを突っついているだけだった。

「その代わりコーヒーを淹れて。なるべく濃く。そうじゃないと、話なんて聞ける気分にならないわ」

「いくら体型を気にしていると言っても、もう少し食べたほうがいい。それと夜のコーヒーは睡眠の敵だから控えたほうが――」

「さっき、死のうとしていた人間がそれを言う？」

皮肉げに、魔子が口元を吊り上げる。

俺はふぅと息を吐き出した。

「もっともな話だ。片付けてコーヒーを淹れる」

「なるべく濃く、ね」

「わかってる」

十分後、俺たちの前には香ばしい湯気を立ち昇らせるコーヒーが二つ並んでいた。

その豊かな香りに促され、俺は満を持して切り出した。

「――白雪に、俺たちがキスしているところを見られた」

「っ！」

コーヒーに口をつけた魔子が苦い顔をする。

それは俺のセリフのせいだろうか、それとも飛び切り濃く淹れたコーヒーのせいだろうか。

「中華街のときのだ。跡をつけられていたんだろうな。白雪との別れ際、なんだかぎこちなくなってしまっていたから」

「あんたはあたしのことを思い出したせいでシラユキとキスができず……それが原因で跡をつけられ……あたしが嫉妬しちゃったこともあって、うかつなことをして……。あんたを罵倒しようかと思ったけど、この罪は五分五分ね。ちょっと責められないわ」

「お前は自分が悪いときでも罵倒してくるが？」

「ふんっ、そういう皮肉が吐けるなら、ちょっと気分が戻ってきてるのね。いいことだわ」

挑発されるのは決して気分がいいわけではないが、人と話すことは精神を落ち着ける作用があるのだろう。

遺書を書いているときのような精神の閉そく感はなくなっていた。

「正直なところ、俺はどうすればいいかわからなくなってるんだ……」

「ま、そうでしょうね。死のうかと思ってたくらいだし」

「聞く筋合いじゃないと十分わかっているうえで、質問させてくれ」

「何？」

「俺、どうすればいいと思う？」

魔子はやれやれと言わんばかりに肩をすくめた。

「それ、あたしに聞くの？　最悪。ヘタレ。自分の意思ないの？　うじうじの弱虫」

「不思議なもんだ。そう言われると、生きてやろうって気になるな」

「いい傾向ね」

「お前への好感度と反比例しているが？」

「考えが浅いわね。表面上あたしへのヘイトが溜まっているように感じられるけど、ドMなあんたは心の奥底では喜びに打ち震えているのよ。それで生への気力は湧いてきたってわけ」

「それだけはない、と断言しておく」

この異常に苦いコーヒーもたまには悪くない。

舌への刺激が、現実感を呼び起こさせてくれる。

「じゃあ、あんたの進むべき未来を、あたしが二つ提示してあげるわ」

「……聞こう」

「一つ目は、このままの関係を続ける」

「白雪に俺たちがキスしているところを見られたんだぞ？　どう考えても不可能だろう？」

現状維持ができなくなっているから、俺は別の未来を選ぼうとしていたと言っていい。

あり得ない未来だ。

「そうかしらね？」

意味ありげに魔子は言った。

「どういうことだ？」

「シラユキの行動を見てみないとわからないけど、あたしがひとまずあんたとシラユキが付き合うことを呑んだように、シラユキもまた、あたしとあんたの関係を呑みこむ可能性があるってことよ」

「そんな……バカな……」

「あんたのようなバカを好きになるような女は、だいたいバカよ」

それなら俺たちの関係は、本当にギリギリ……蜘蛛の糸一本ぐらいのギリギリさだが、保つことができるかもしれないのだろうか……？

「ま、これはシラユキの行動次第だから、選べるかどうかわからないわね」

「もう一つのほうも聞かせてくれ」

「いいわよ。あたしとしては、こっちのほうがオススメ」

「何だ？」

「――シラユキを諦めて、あたしを心から愛するの」

俺は思わず息を呑んだ。

だって、冗談だろうと俺は言おうとしたのに、魔子の瞳がまるっきり笑ってなかったから。

「大事なのは『心から』という部分よ。あたしに身も心もゆだねなさい」

「……魔女の誘惑のようだ」

「あんたがあたしを心から愛するのなら、あたしがすべて何とかしてみせるわ。シラユキとの関係だって、毎日土下座しに行ってでも、また小学生のころのような仲に戻してみせる」

「……それはさすがに無理だ、魔子」

「あんたが無理だと思っているだけよ。あたしならやってみせるわ」

魔子の才覚は規格外だ。

頭脳も、運動能力も、美貌も。

その魔子がこれほどの覚悟を決め、断言するのであれば、もしかしたら本当に成し遂げてしまうのかもしれない。

でも――

「魔子、俺はな……たぶん白雪と出会ってなかったら、お前を好きになっていたと思う」

「っ！」

魔子にしては珍しく飲みかけのコーヒーを喉に詰まらせた。

「……と、当然でしょ！」

魔子はせき込み、慌てて取り繕った。

ちょっと頬を赤らめている辺り可愛いところがある。

「こうやってバカにされているのかなって感じる軽口も、嫌いじゃない。お前以外とはできないし。まあ、たまに本当にムカつくが」

「褒めているのか、けなしているのかどっちよ」

「どっちもだ」

「最低。バカ。女たらし」

「どこに女たらし要素があった？」

「あたしがちょっと喜んじゃったところ」

魔子は照れながら、不満げに口を突き出した。

「お前、たまに可愛いときがあるな」

「う、うるさいわね……」

「でもそういうの、ちょっと反応に困る」

「困るんじゃなくて素直に喜びなさいよ、バカ」

こうした表情は絶対に外では見せないものだ。

俺からすると、モデルで着飾っているときの表情よりずっと心を惹かれる。

強気で、才能豊かなだけではなく、実は寂しがり屋で照れ屋な一面は、本当に魅力的だ。

でも――

俺はゆっくりと口を開いた。

「少なくとも今、俺は白雪が好きだ」

これは、動かせない事実だった。

「……知ってる」

「将来、お前を好きになるかもしれない。でも――」

「知ってるって言ってるでしょ！　一度で黙りなさいよ！」

いくら魅力的でも、俺は魔子の想いに応えられない。

「あーあ、あたしが最高の提案をしたのに、却下しちゃって。それなら一つ目の提案しかなくなっちゃうじゃない」

「…………」

そうじゃない。残った選択肢は一つ目の『白雪が現状維持を選ぶのを期待する』だけじゃない。

今日こうして話す前、俺は別の――俺が消える、という選択肢を選ぼうとしている。

「言っとくけど、死ぬとかだけは本当にやめて。どれだけ追い詰められても、辛くても、それだけはやめて」

「……でも」

「でもじゃない！　あんたは家族全員事故で失ってるくせに、残された人間がどれほど辛いかわからないの⁉」

「っ――」

「あたしのために生きなさい！　別にどこだっていい！　その選択だけは二度としないで！　もしあんたが自殺したら、あたしが後を追って自殺してやるから！」

無茶苦茶な論理だ。

でも俺を現世に繋ぎ止める、一番の言葉でもある。

「……すまない。もう、二度と考えない」

「当たり前でしょ！　これだからクソ真面目な自己犠牲賛美者は嫌なのよ！」

「めちゃくちゃな言われようだな」

「言われるだけのことをやろうとするあんたが悪いわ」

「今回ばかりは否定できないな」

ダメだ、堂々巡りだ。

もしその他の選択肢を探すなら、俺が白雪か魔子かどちらかを選ぶ、というものがあるだろう。

でも俺は——選べなかった。

二人のどちらかを選ぶより、死を選ぼうとした。

それを封じられた今、進むべき道はどこにも見当たらない。

「……とにかく、生きるのよ。まずはそこだけを考えなさい」

「白雪のことは？」

「生きてるうちにまた新たなことが起こるわ。それから考えればいいじゃない」

「それでいいのか？」

「それでいいのよ。人生なんて、計算できることのほうが少ないわ」

「……そうだな」

一年前の俺であれば、こんなことになるなんて想像もしていなかっただろう。

いつだって未来は未知だ。

だからこそ生きられるのかもしれない、と俺は思った。

その四　後悔だけはしないように

＊

「お久しぶりです、古瀬さん」

土曜日の昼前。

俺は本来魔子のマネージャー的仕事があったが、体調が優れないということで休みをもらい、横浜にある喫茶店で古瀬さんと会っていた。

「大丈夫かい？　あのときと同じく、顔色が良くないけど」

あのときとは、古瀬さんが俺の家までやってきてくれたのに、倒れてしまったときのことを言っているのだろう。

「ええ。少なくとも記憶は全部思い出しましたので、倒れることはないと思います」

「そうか、思い出したのか。相談があるってことだけど、それに関してのことかな？」

「……まあ、そうですね」

歯切れの悪さから、深刻さが伝わったのだろう。

古瀬さんは卓上のベルを押した。

「昼ご飯、まだだろう？　何でも好きなものを食べてくれ。再会を祝しておれがおごるよ」

「そんな、悪いです」

「何を言っているんだい？　高校生が大人に対して気にする必要はないんだよ。ほらほら」

兄が弟を悪い遊びに誘惑するように、古瀬さんはメニューを押し付けてくる。

俺はそんな気遣いに苦笑いで感謝しつつ、メニューに目を通した。

「……じゃあお言葉に甘えまして、ウーロン茶とこのスープを」

「君は結構食べるほうじゃなかったか？」

「……最近、なんだか食べ物があまり喉を通らなくて」

「そうか。なら代わりにスープを飲めばいい。とりあえず五杯くらい頼めばいいかな？」

「一杯で十分ですので」

同じからかうのでも、魔子と違って古瀬さんはなかなか洒落を利かせてくる。

こういうユニークさといい、ちょい悪な雰囲気といい、俺の身近に似たタイプはおらず、以前から嫌いじゃない。

「ま、長い話になりそうだ。ゆっくり、君のペースで話し始めるといい」

「ありがとうございます。……じゃあ、古瀬さんは俺が事故で家族を亡くしていることを知っているので、才川家に引き取られた辺りから……」

俺は一つ一つ思い出しながら、語り始めた。

それはまるで、記憶障害を起こした部分のピースを掘り起こすかのような作業だった。

才川家に引き取られたとき、心神喪失状態だったこと。

魔子に白雪を紹介され、そのおかげで立ち直れたこと。

おじさんをお父さんと呼ぶようになったこと。

おばさんをお母さんと呼ぼうとして、拒絶されたこと。

小学校の卒業式の日、白雪と江の島へ逃げ、約束したこと。

中学校に入り、白雪と再会したときのため、努力を始めたこと。

お父さんからの優遇、美和子さんとの関係破綻、そのせいによる才川家の家庭不和。

「おれが君と会ったのは、そのころか」

「ええ、そうです」

お父さんが逮捕されるまでの経緯は、古瀬さんは十分知っているので軽く飛ばし、要点を掻い摘まんで話した。

美和子さんの逃亡と、魔子から依存に近い愛情を受けたこと。

美和子さんが窃盗しようとし、その果てに入院することになったこと。

高校へ入学し、白雪と再会したこと。

白雪から告白され、魔子に了解をもらって付き合うようになったこと。

だが二人を同時に愛するなんて器用なことができない俺は――

「君の交通事故は、いわば自殺だったってわけか」

「はっきり思い出しました。俺は、自分から自動車に突っ込んでいったんです」

どうすればいいのか、何をすれば白雪を愛し、魔子を守れるのか、わからなくなっていた。

ただ一つわかったのは、俺がいなくなれば悩みが消え、白雪と魔子は親友に戻るだろうということだった。

そのことばかりが頭をめぐり、夜の横断歩道でぼんやりと信号を見ていた。

（赤、青、点滅、赤、青、点滅……）

俺は横断歩道を渡るわけでもなく、ただ立ち尽くし、その移り変わりを眺めていた。

そして何かに吸い寄せられるように、車がやってきて、赤を見て――

ふっと、身体が前に倒れた。

……次の記憶は、病院でのことだ。

魔子に詳細を聞いたところ、俺は車とぶつかったものの、軽く触れたレベルのことだったらしい。

ただ俺が受け身を取らなかったことから、頭を打ち、左肩を脱臼。そのまま救急車で病院送りになったそうだ。

正直このドライバーさんは被害者だろう。悪いのは明らかに飛び出した俺だ。

哀れなドライバーさんはとても心配していたらしく、保険を適用して入院費も全部払うし、謝りにも来ようとしたらしいが、俺が悪いことを知っている魔子はすべて丁重にお断りしたとのことだった。この点、俺はドライバーに申し訳ない気持ちになったので、その的確な対処に感謝した。

「なるほど、だいたいの事情は理解したよ。それで、それから？」

「まず、入院時ですが――」

記憶障害になって白雪と再会し、『恋人』と言われたこと。

魔子と再会したとき、『本当の恋人』と言われたこと。

その後、俺は白雪に惹かれて改めて告白し、恋人になったこと。

「そんなときにおれと再会し、マコちゃん絡みの記憶を刺激しちゃったわけか」

「そういうことです」

魔子との共犯関係と、地獄に堕としてしまった日々。

俺は白雪を愛しているが、魔子を孤独にすることもできなくなった。

それでも現状を維持しようとしたが――白雪に魔子とのキスを見られたことで、関係は破綻した。

「現在はそれから数日経ち、小康状態という感じです」

「学校で君は、シラユキちゃんと同じクラスなんだろ？　小康状態ってどんな感じなんだ？」

「ただ互いに話さないようにしている、という感じです」

「でも目が合ったりはしないかい？」

「……してます。どちらともなく逸らしちゃいますけど」

「恋人関係って知ってる友達はいないのかい？　そんなところを見られたら心配するだろ？」

「ええ。今のところちょっと喧嘩中ということにしていますが、いつまで保つか……。関係を修復しようとしてくれていることが、正直なところかなりきついです」

仁太郎と管藤は善意で俺たちの関係を取り持とうとしてくれている。

ただ事情を知らないだけに、その善意が心苦しい。

「とりあえずここまでで、おれの感想を言っておこうか？」

「ぜひ、遠慮なく」

それを聞くために来たのだ。

仁太郎や管藤には相談できない。

魔子や白雪には、もっと相談できない。

できれば大人の意見が聞きたい。

そう思って脳裏に浮かんだのが古瀬さんだったのだ。

俺は唾を飲み込んで、古瀬さんの言葉を待った。

するといきなり古瀬さんはいきなりニカッと豪快な笑みを浮かべ、うっすら生やしたあごひげを撫でた。

「うらやましぃ〜っ！　青春だねぇ〜っ！」

「……はっ？」

俺は怒気を込めてつぶやいた。

「ちょっ！　メグルくん⁉　マジで怒ってるでしょ⁉」

「……怒ってませんが」

「それ絶対怒ってる反応だって！」

いやだって、こっちは生きるか死ぬかのレベルで悩んでいるのに、うらやましい？　青春？

………………はっ？　何を言ってるんだ、この人？

そのくらい思うのは、悪いことじゃないだろう。

「軽い感じで言ったのは悪かったって！」

「本当にそう思ってます？」

「ホントホント！　古瀬佐は嘘つかない！」

「もう少し真面目になってもらっていいですか？　適当にごまかそうとしているようにしか聞こえないんですが？」

「悪かったって。悩める青少年は、三十近くのお兄さんにとってまぶしくてね」

年齢が十歳以上も上の人だ。失礼があってはいけないだろう。

そう俺は思い直し、目をつぶって心を落ち着けた。

「でもね、君にはこのくらいの軽い気持ちでいて欲しい、って思ったのも事実なんだ」

「……もう少し、詳しく聞かせてもらっていいですか？」

古瀬さんはアイスコーヒーに口をつけた。

「確かにね、シラユキちゃんは君の初恋の人で、恩人で、それこそ一生で一度の運命の人かもしれない」

「……ええ」

「それでもってマコちゃんも、特別な関係であることは間違いない。それこそ一生切り離せないほど大きな運命を、君と分かち合っている」

「……はい」

「でもね、一般的な高校生を見て欲しい。高校生で恋人ができて、一生に一度の恋愛だって言ってる友達がいたら、君はどう思う？」

「そ、それは……」

「たぶん君は言うだろう。本当に一生に一度の恋愛か？　どうせ数年後には別れていて、また別の恋人ができたりできなかったりして、結婚だってできるかどうかわからないのが当たり前。一生に一度なんて大げさすぎる、って」

「………」

その通りだ。

例えば仁太郎と管藤は幼なじみなだけに、もし付き合っても簡単に別れたりしないだろうが、それでも結婚するとか、一生添い遂げるとかは想定外だ。

どこかで喧嘩別れして、仁太郎に愚痴を聞かされても俺は、

『まあ、また別のいい子が見つかるさ』

などと気軽に言うに違いない。

恋愛など、他人から見ればその程度のことだ。

「そりゃ君が、安易に付き合う付き合わないってレベルの恋愛をしているわけじゃないって、おれにもわかってる。でもね、もっと視野を広げて欲しいんだ」

「……視野」

「そう。例えばおれが同じ状況だとしたら、喜んじゃうね。マコちゃんはじゃじゃ馬かもしれないけど、トップモデルクラスの美人だ。シラユキちゃんも相当可憐で魅力的な女の子だ。そんな二人から好意を寄せられる高校生活なんて、最高だね」

「……それ、古瀬さんなら二股かけるってことですか？」

「どうしようかなぁ。できるかな？　できるならしたいよね、二股～。両手に花のウハウハなただれた生活送りてぇ～。まあそれがもし無理でも、美少女二人の間で悩み苦しむってだけでも、たまらないよなぁ～」

「古瀬さん……」

何となく目の前のウーロン茶のコップを握りしめる。

ミシッと音がした。

「ちょ、メグルくん！　ストップストップ！　コップがヤバいことになってる！」

「俺のメンタルもだいぶヤバいことになってるんですが？」

「どうどう！　落ち着いて！　ほら、深呼吸！」

誰のせいだと思いながら俺は深呼吸をした。

やった効果はあり、少し気持ちが落ち着いたのでコップから手を離した。

「おれが言いたいのは、そういう考えもあるってこと」

「はぁ。俺はまったく同じ気持ちになれないですが」

俺は相談する人を間違えたかなと思い始めていた。

ちょい悪で軽い感じのある人だが、感性が違いすぎる。

「おれはね、人生は全力で楽しむべきだと思っているんだ」

「…………」

「だってそうだろ？　今まで嫌な思いをしてきたり、ムカつくやつがいたりしても、ハッピーになったら勝ちじゃないか？　それこそムカつくやつらが悔しがるくらい幸福になるってのが、現代における最高の復讐(ふくしゅう)だと思うんだよね」

「俺は復讐(ふくしゅう)の話をしていませんが」

「では復讐を罪に置き換えようか」

「うまく繋げられないのですが」

「罪を犯した場合、どうすれば償えると思う？　一つは、法に則って裁きを受けることだ。でもそれだと、一つの区切りはつくかもしれないけど、被害者は救われないよね？」

「……ですね」

「取り返しのつく罪、つかない罪もあるけど、本当の贖罪って何だと思う？　おれはね、自分が罪を犯したことで苦しめてしまった人を、苦しめた以上に幸福にすることだと思うんだ」

「それは……」

「今の君は、二人共は無理かもしれないけど、一人にはそれができる。ま、おれなら二人とも幸せにするって言うけどね」

「古瀬さん……」

「うーん、うまい結論になってないな。もう言いたいことだけ言うと、人生って一度きりなんだ。神とかあの世とかいろいろあるかもしれないけど、少なくとも記憶が引き継がれるとは実証されていない。そう考えるとね、本当に一度きりしかないんだよ。過ぎ去ってから後悔しても遅いんだ。君は、おれと同じ結論を選べる人間じゃない。だから具体的なアドバイスはできない。でも――」

古瀬さんは不出来な弟を見つめるような、優しい瞳で言った。

「後悔だけはしないように。大いに悩みたまえ、青少年。ただし、死ぬことなんて考えるなよ。逃げることは恥じゃないんだ。大人だって、みんな逃げてる。必要なときに逃げられない人間は不幸になりやすい。そうならない程度に君は悩み、悩むことを楽しんでくれ」

古瀬さんは俺とまったく別の人種と言えるくらい考え方が違う人だ。

でもそれだけに、この人に相談してよかったと俺は思った。

＊

――後悔だけはしないように。

古瀬さんに相談した中で、一番心に残った言葉だ。

俺は少なくとも、もっとちゃんと白雪に話さなければならないと考えていた。

なじられてもいい。愛想を尽かされてもしょうがない。

それでもちゃんと気持ちを伝え、話し合いたい。

そのため月曜、学校に来てからずっと、白雪に話しかけるタイミングを見計らっていた。

「お前、今日、丹沢ちゃんの様子伺ってるだろ？」

さすがに隣の席に座っている仁太郎にはバレバレらしい。

昼休みになったとたん、横から突っ込まれた。

「……ああ。また喧嘩になっちゃうかもしれないが……とにかく、もう少し話したいんだ」

「結局、喧嘩の原因って何だったんだよ？」

「俺が、悪かったんだ」

仁太郎は眉間に皺を寄せた。

「それ、内容は聞くなってことだよな？」

「……まあ、そうして欲しい」

「おれとしては言ってくれると力になりやすいんだが」

「気持ちは嬉しいが、これは俺がやらなきゃいけないことだ。そっとしておいてくれると助かる」

「いや、そういうわけにはいかなくてよ」

仁太郎は親指をある方向に向けた。

その先にいたのは管藤だった。

「立夏がさ、かなり焦れてるんだよ。どうも丹沢ちゃんも理由を話さないみたいでな。おれへの八つ当たりが日ごとに増えてる」

「それは何というか……すまないな」

「いいんだよ、そんなことは。二人がまた仲良くなれば」

仁太郎は深々とため息をついた。

「しっかし、お前と丹沢ちゃんが喧嘩ねぇ～？　おれ、今でも信じられないぜ。お前らって相手にあんまり押し付けないからさ。下手したら何も会話せず笑い合ってるようなタイプだろ？　ホント、なんでこんなことになってんだかなー」

「……いずれ、話せるときが来たら話すから」

「そうだな。気になってるから、ぜひ頼むわ」

こうして話している間、俺は白雪が一人にならないかずっと見張っていた。

今、話しているのは管藤だから、声をかければ二人きりにしてくれるかもしれない。

でも昼休みという時間制限がある中、無理な行動をして変に目立ちたくないって思いもある。

そうやって葛藤していると――

「おい！」

仁太郎が肩を引いて、出入り口に人差し指を向ける。

そこには不機嫌そうな魔子がいた。

俺が視線を向けるなり、魔子はくいっとあごを引いた。

クラスから出てきて付き合え、の合図だ。

横を見ると白雪と目が合った。

しかしすぐに、気まずそうに視線を逸らす。

まだ時期が来てないと感じた俺はやむなく教室の外に出た。

「何だよ、魔子。財布を忘れて飯が食えないのか？」

「あいかわらず説教くさいわね。そんなことあるはずないでしょ？」

「じゃあ何だ？」

「たまにはランチに付き合いなさい」

魔子の注目度というのは、全校で一番と言っていい。

当然この会話も周囲の人間は全員聞き耳を立てているし、相手がいくら俺だとはいえ、こんな会話が今までなかったことも知られている。

「おいおい、どうなってるんだ⁉」

「湖西って才川さんと同居しているけど……」

「丹沢さんと付き合ってるんだよな？」

「でも丹沢さんと喧嘩してるって噂があるし……」

「じゃあまさか……」

たった数十秒で話が加速度的に広がっていっている。

何より――

俺が振り向くと、また白雪と視線が合った。

そしてまたすぐに顔を背けられる。

これがさりげなく、臓腑に来るほどダメージを与えていた。

「……わかった」

教室から遠ざかりたくて、俺は魔子についていくことにした。

＊

購買でパンと牛乳を購入し、その後魔子の案内で連れてこられたのは体育館の裏手だった。

初めて来た場所だ。教室から距離もあり、進学校ということもあって休み時間に体育館を使うやつもおらず、周囲に人気がない。

「今日はどういう風の吹き回しだ？」

俺が体育館の壁にもたれてパンの包みを開けると、出入り口の階段にハンカチを置いて座る魔子は、魔性の笑みを浮かべた。

「何だか、あんたの顔が見たくなって」

「……熱でもあるのか？」

「大変だわ。三十六度五分くらいあるわね」

「平熱だな」

「そうね。これでも素面で言っているつもりよ」

魔子の意図がわからない。

少なくとも魔子は今まで学校で俺にあまり近づいてこなかった。

もちろん家族として、仕事上のマネージャーとして、という部分は別だが、今のように恋愛色は一切出したことがない。

それは白雪がいたからだ。

なのに、今日は——まるで二人でリビングにいるときの色気が出ている。

「何があった?」

「何かあったのはあんたのほうでしょ?」

「俺に何かあったとすれば、土曜に古瀬さんと会ってきたくらいだが」

「それよ」

魔子は野菜ジュースにストローを挿して、一飲みした。

「あんた、何かしらの覚悟、決めたでしょ?」

「……覚悟を決めたっていうか、まず白雪ともっと話したいと思ったんだ。たとえ罵倒されたとしても」

「普通もう少し様子見る時期だと思うんだけど……。やっぱりドMなのね?」

「言われなき悪評に断固抗議する」

「認めればいいのに」

「事実じゃないものは認められない。ただ俺は、古瀬さんから『後悔はしないように』というアドバイスを受けたから、それを実行しようとしているだけだ」

「……へ〜。パパが逮捕される原因を作った、チャラいクソ野郎だと思ってたけど、まともなことも言えるじゃない」

「お前の罵倒には、俺じゃ到底思いつけないセンスを感じるよ」

「でしょ？」

「褒めてない」

魔子の昼食は野菜ジュースだけのようだ。

俺も今、食欲が湧かなくて少なめにしているが、さすがにこれは少なすぎだ。

だから俺はメロンパンを半分に割って差し出した。

「これ、食え。好きだろ」

「好きだけど……カロリーが高いじゃない」

「野菜ジュースだけじゃ身体壊すぞ」

「……わかったわよ。じゃあ……あ〜ん」

「っ！」

俺は瞬時に周囲を見回していた。

こんなところ万が一見られたらどうなるか……考えただけでも恐ろしい。

噂になるだけでも白雪がどう受け取るか怖いのに、下手すれば魔子のモデルとしての経歴に傷がつく。写真一枚がネットに上がるだけで軽々と炎上し、俺たちは学校でも仕事場でも針のむしろになるに違いない。

「……バカ。こんなところでやれるか」

「じゃあ家ならやるんだ？」

「……時と場合による」

「例えば？」

「お前が風邪で倒れたとき」

「看病のときしかしないわけ？　バカじゃないの？」

「なぜ俺はバカと言われなきゃならないんだ？」

「だってあたしたち、付き合っている子よりもずっと強い繋がりがあるし」

うっ、と思わずうめいた。

こういう会話をすると、頭の回転が速い魔子に一本取られがちだ。

「……今なら誰もいないわ。早くしなさいよ。あ～ん」

「はぁ……」

もうこのお嬢様のご機嫌を取るにはやるしかないと思い、一口大に割ったメロンパンを口の中に入れてやった。

「うん、いいじゃない。自分で食べるより、何だか満足感があるわ」

「俺は自分で食べるより、百倍疲れた」

「でも百倍嬉しいでしょ？」

「ないない」

さらっとスルーしたことが、大層お気に召さなかったらしい。

「じゃあ、もう一度……あ～ん」

どうしたんだろう、今日の魔子は。今まで学校では決して甘えてこなかったというのに。

もしかしたら俺が白雪との関係改善を図っているのを見て、嫉妬している……とか？

ダメだ、女心が俺にわかるはずがない。

わからないまま、俺はメロンパンを小さくちぎって魔子の口元に近づけていった。

すると——

「はむっ」

なぜか俺の指ごと食われた。

親指と人差し指が、魔子の口の中にある。

ぬめりのある唾液と舌が、俺の指を包み込んだ。

「なっ——」

「どう、少しはあたしを意識した？」

「魔子(まこ)――っ⁉　おいっ、もし誰かに見られたら――」

「ホント、うるさい口ね」

魔子(まこ)は俺の指を吐き出すと、いきなり俺の首に両手を回し、口づけをしてきた。

「ん――っ！」

「………」

「んんっ！」

「………はぁ」

俺が魔子(まこ)の両肩を摑(つか)んで無理やり離すと、熱い吐息が魔子(まこ)から漏れた。

「お前、こんなところで……っ！」

「あたしも見なさいよ」

命令口調だが、魔子(まこ)の頰は赤く染まっていた。

「今は好きじゃなくても、今後はわからないんでしょ？　シラユキと今、うまくいってないなら、もう少しあたしのことを見てもいいはずよ」

「それは……」

本来すぐに否定すべきだろう。

しかしつい言葉に窮してしまった。

「俺は、古瀬(こせ)さんのアドバイスで、後悔しないように、って……」

「今の行動が、あたしにとって後悔しない行動。……文句ある？」

　そう言われると反論が難しい。

　俺は俺で勝手に後悔しない行動をしようとしていた。

　でもそれは俺しかしてはいけない法律などではない。

　魔子（まこ）も好きな行動をしていい。

　それが今のキスだったのだ。

「気持ちよくなかった？」

　俺は袖で唇を拭った。

「……気持ちいいから、困るんだろうが」

「ふふっ、そうよね。早くあたしに堕（お）ちなさいよ。そのほうが楽よ」

「うるさい。俺を少し一人にしてくれ」

「嫌よ。すぐ死のうとするような、死にたがりのバカだもの」

「それは古瀬（こせ）さんにも言われて、反省している。苦しくてもその道は選ばない」

「あたしより古瀬（こせ）の言うことを重視するんだ。……ムカつくわね」

　そう言って魔子（まこ）はまた俺にキスをしてきた。

（……震えている？）

　すぐ突き放そうとして、俺はできなかった。

　俺の頬に触れた魔子の鼻の頭が、こめかみを挟む両手が、何より俺の口内をはいずり回る舌が、魔子の抱く恐怖を伝えてきていた。

（そうか――）

　魔子は今の状況が恐ろしいのだ。

　白雪とはいつ縁を切られてもおかしくないような状態にある。

　白雪を『外付け良心回路』とし、ただ一人の親友としている魔子は、そんな状況が耐えられないほど怖い。

　もしかしたら俺に対しても恐怖を抱いているのかもしれない。

　俺がもし魔子を切り捨て、白雪を選ぶとしたら――

　魔子がその可能性を考えないわけがない。俺が白雪に接触を図ろうとしているのを見て、危機感を覚えてしまったのだ。

　怖くて、考えたくなくて、寂しくて……だからこそ、今までは一線を保ってきた学校で、これほど俺を求め、甘えてきているに違いない。

（バカ、が……）

　だとしても限度ってものがあるだろう。

　せめて素直に言ってくれればいいのに……と思う。

　だが魔子には言えないのだ。変なところでプライドが高くて。

俺は魔子(まこ)が哀れで仕方がなかった。

だから突き放すことをやめて脱力し、したいようにさせることにした。

たっぷり俺の口内を堪能(たんのう)し終えた魔子(まこ)は、額をコツンとくっつけてきて笑った。

「今のキス、どうだった？」

「……聞くな」

「ふふっ、素直じゃないわね。そういうところ、嫌いじゃないけど」

そんなときのことだった。


「——何やってんだよ、廻(めぐる)」


一瞬で全身の血が凍り付いた。

鼓動が早鐘のように鳴り、呼吸が乱れる。

声で誰が言ったのかは見なくてもわかった。

問題は、声の主が俺の中で今の場面をトップクラスに見て欲しくないやつだったことだ。

「仁太郎(じんたろう)……」

でも逃げ出すわけにもいかない。

俺は震える手に力を込め、声のほうへ振り返った。

「丹沢ちゃんと付き合ってるくせに、こんなとこで何やってんだって聞いてるんだよ、このクソ野郎！」

仁太郎が地を蹴り、摑みかかってきた。

「きゃっ！」

魔子が弾き飛ばされる。

剣道を三年やってきた俺は無意識で反撃体勢を整え、互いに襟をつかみあう状態となった。

「お前さ！　丹沢ちゃんと喧嘩しているってのは知ってるけどさ！　でもまだ別れてないんだろ⁉　丹沢ちゃんと空気悪くなったとたん魔子さんに手ぇ出すとか、頭おかしいんじゃねぇの⁉」

仁太郎が『魔子さん』と言った。

いつもは『魔子様』のはずなのに。

おどけるほどの余裕がなく、脳内の呼び名が自然と出てきているのだ。

それだけに仁太郎がどれほど頭に来ているのか理解できた。

「…………」

俺はこの数少ない友人になんと言えばいいのだろうか。

弁解すればすべて嘘になる気がするし、理解をしてもらうためにはあまりにも複雑な事情が絡みすぎている。

「何とか言えよ、おいっ！　せめて言い訳くらいしてみろよ！」

いや、どれだけ言葉を尽くしても、理解をしてもらうなんて無理ではないだろうか。

複雑な事情があると言っても、俺のやっていることは最低だ。

「……………すまない」

「クソがっ！」

俺の謝罪は、仁太郎の怒りに油を注いだだけのようだった。

仁太郎が拳を振り上げる。

だが次の瞬間――

「ふざけんじゃないわよっ！」

「ぐっ！」

魔子の蹴りが仁太郎の背中に直撃した。

それで均衡が崩れ、俺と仁太郎はバランスを崩した。

コンクリートの地面へもつれる形で転がる。

魔子は両手を腰に当て、仁王立ちして俺たちを見下ろした。

「あんた……メグルのこと、何も……何も知らないくせにっ！」

「知らなかったら何も言っちゃダメなのかよ！」

仁太郎は飛び起き、魔子の前に立った。

いつもは視線さえ交わされない魔子と仁太郎がにらみ合っている。

俺も起き上がろうとしたが、倒れたときに足をひねったのか、足首に痛みを感じてすぐに立てなかった。

「じゃあさ！　廻も！　魔子さんも！　もっと言ってくれよ！　おれは廻のこと、大事な友達だと思ってるし、魔子さんのことが好きなんだっ！」

「仁太郎……」

お前、告白してるぞ——と突っ込もうとしたが、仁太郎のあまりの勢いに口を挟めなかった。

「魔子さんが廻のこと好きなんて、見てりゃわかってたさ！　今のキスだって、たぶん魔子さんのほうからしたんだろ！　廻のやつ、不器用で！　ヘタレで！　それでいて丹沢ちゃんが大好きってわかってるから！　二股なんかできるやつじゃねぇもんな！」

「はんっ、それだけわかってるなら話が早いわ！　その通りよ！　言っておくけど、あたしはあんたのこと好きじゃないから、お付き合いはお断りよ！」

「魔子さんと付き合えないなんてわかってるさ！　でもな、おれが言いたいのはそういうことじゃねぇんだよ！」

「だったら何よ！」

「お前らさ、コソコソしてんじゃねーよ！」

仁太郎の息が荒い。

頭に血がのぼって興奮しているのだ。

「どうしてこんなにムカつくのか……話してて気がついた！　おれは廻の不器用さと、魔子さんの気高さが好きなんだよ！　それと丹沢ちゃんの優しさも好きだ！　今のお前ら、おれが好きな部分を台無しにして、丹沢ちゃんを踏みにじってる！　それが許せねぇんだ！」

「仁太郎……」

俺は壁に手を当てて立ち上がった。

すると仁太郎は首を九十度動かし、俺を見た。

「なぁ、廻！　お前はもっと立派なやつだったじゃねぇか！　いつも冷静で、ちょっと死んだ目をしてるけど、イケメンで！　頭が良くって運動もできて！　でも、嫌な感じ全然なくてよ！　不幸な目に遭ってもずっとまっすぐ立ってきたじゃねぇか！　こんなとこでおれなんかに説教されるなんて、おかしいだろ！　違うか！　おいっ、どうなんだよ！」

「仁太郎、俺は……」

仁太郎は俺の胸に拳を軽く叩きつけた。

殴る、という感じじゃない。

ぐいっと押し出す感覚のする叩き方だ。

「もっと正面から丹沢ちゃんとぶつかれよ！　魔子さんもだ！」

「あんた……」

「骨は、拾ってやるからよ……」

仁太郎が視線をコンクリートに落とすと、沈黙が辺りを包んだ。

先ほどまで仁太郎が叫んでいただけに、静けさが痛いほどだ。

深いため息をついて、仁太郎が俺の胸から拳を離す。そして何を思ったのか、腰に手を当て上体を反らすと、一気に全身を脱力させた。

「はぁ〜。つーか、なんだよ、おれ。柄にもなくダチに説教していたら、いつの間にか告白してフラれてるじゃねーか。おれのほうがもう骨になってるじゃん」

クスッ、と珍しく魔子が笑った。

「あんた、想像していたよりずっと面白いわ」

「じゃあ、付き合ってくれる？」

「悪いけどタイプじゃないの。恋愛関係になることは未来永劫ないと諦めて」

「そこまで言わなくてもいいじゃん！」

「ふふっ」

あんな修羅場を繰り広げたのに、もう笑わせている。

仁太郎は凄いやつだ。

なんだかんだ言って評価しているつもりだったが、俺は随分低く見積もっていたらしい。

逆に俺は仁太郎の評価を下げている。

挽回しなければならなかった。

「仁太郎、俺、ちゃんと白雪と話し合うよ。いいよな、魔子」

「………待って」

あごにその美しく長い指を当てて考えていた魔子は、目を見開いた。

その瞳には、決意が宿っていた。

「──あたしに先に行かせて」

＊

その日の昼休み、私は何があったか知らない。

「白雪、あれどう思った？」

立夏ちゃんが耳元に口を近づけ、囁いてくる。

廻くんは魔子ちゃんに連れ出された。

しかし教室に戻ってきたとき、彦田くんも含めて三人だった。

驚いたのは、魔子ちゃんと彦田くんが普通に話していたことだ。立夏ちゃんが言う『あれ』というのは、そのことに違いなかった。

私たちは教室の後方で話す三人をチラチラと見つつ、声を潜めて話した。

「この前、カラオケに行ったときはあんな感じじゃなかったよね？」

「そう！　特に才川さんなんて、ジンタなんてまったく眼中にない！　って感じだったじゃん？　ジンタがどれだけ話しかけても半分無視してさ」

立夏ちゃんの心情は難しい。

彦田くんが好きだから魔子ちゃんと仲良くされるのは嫌だが、簡単に袖にされるのはそれはそれで怒りが湧くというものだ。

「あの三人、いつの間に仲良くなったわけ？」

「……さあ」

私の胸がチクリと痛んだ。

胸が痛んだのは、廻くんの顔色が少し良くなっていたことだ。

（今日はずっと、私に話しかけたいような雰囲気を出していたのに……）

何度も合う視線。

不安のにじんだ横顔。

それらの雰囲気から、昼休みに声をかけてくるんじゃないか……そう、覚悟をしていたのに
――

私は頭を振った。

（私、おかしい……）

廻くんに少しでも元気が戻ったのなら、いいことじゃないか。それが私のおかげじゃなくても。

(でも——)

あんな……魔子ちゃんとキスなんかしていたのだから、もっと悩んで欲しい……苦しんでもがいて欲しい……もっと私のことを見て欲しい……私にすがりついて欲しい……そうすれば、必ず私は、廻くんに応えるから……。

「白雪?」

「えっ?」

「どうしたの? 怖い顔になってたけど?」

どうやら私は、いつの間にか考え込んでしまっていたようだ。

「あっ、ううん、何でもないの」

懸命に笑みを浮かべるが、ちゃんとできているだろうか。

最近、暗い気持ちが心を支配している。

何をしていてもモヤモヤが晴れない。

「………しら、ゆき……白雪っ!」

「……えっ?」

またぼんやりとしていたらしい。

立夏ちゃんに袖を引かれていた。

「何？」

「目の前！」

ふと顔を上げると、魔子ちゃんがいた。

廻くんや彦田くんとの会話が終わって、こっちに歩み寄ってきたようだ。

「シラユキ、放課後時間ある？」

「私はいいけど……魔子ちゃんは仕事大丈夫なの？」

「ええ」

私は一拍置いて、聞いておくべきことがあることに気がついた。

「そのとき廻くんは一緒に来るの？」

「いいえ、あたしだけよ」

「……わかった」

それで何となくわかった。

ついに、ちゃんと話し合うべきときが来たんだって。

場所は五時間目が始まるちょっと前、メールで来た。

『十七時、山下公園の石畳のところで』

一瞬、カッときた。

そこは、私と廻くんの思い出の場所。

小学生のころはよくここで廻くんの相談に乗り、魔子ちゃんのお父さんとキャッチボールをするようアドバイスをしたりもした。

ダブルデートの後、キスをしたかったのに、拒絶されてしまった場所もここだ。

この前、廻くんと喧嘩した場所も同じくここ。

でも――

決着をつけるにはいい場所なのかもしれない、と思った。

授業の終わりのベルが鳴る。

私はすぐに荷物を整理し、駆け出すように教室を出た。

「白雪、わたしも行こうか？」

立夏ちゃんが提案してくれたが、私は断った。

だってこれは、私と魔子ちゃんの問題だったから。

＊

「湖西、ちょっといい？」

帰りのホームルームが終わるなり、管藤が声をかけてきた。

「仁太郎じゃなくて？」

「うん、あんた」

俺と管藤はそこそこ仲がいいが、二人きりで話す関係ではない。

変わった行動に驚いて隣の席を見ると、仁太郎も不思議そうな顔をしていた。

「まあ、いいが」

と言いつつ、そっと白雪へと目をやる。

白雪は淡々とカバンに教科書類を詰め込み、帰ろうとしていた。

これから魔子とどこかで話すのだろう。

昼休みに魔子と放課後に話す約束をしていたのは聞こえていた。

当然気になるが、魔子が『あたしに先に行かせて』と言って了承した以上、見守ることしかできない。

二人の会話がうまくいく想像なんてできなかった。

でもせめて白雪と魔子の関係が破綻しないで欲しい。

破綻の原因となっている俺がそんなことを思う資格などないのはわかっていたが、俺を悪者にしていいから、二人の友情が続くことを願わずにはいられなかった。

「じゃあ、こっちに。別にそんなに時間取らせるつもりないから」

管藤が俺を連れ出したのは一階裏の外れだ。

校舎内は家庭科室、外に出ても職員用駐車場と、学校内では一番人気が少ない場所といえる。

「まあ座れ」

外へと繋がる三段しかない石階段に管藤は座り、その横を叩いた。

声が低いので機嫌がよくないのがわかる。

迂闊なことも言えず、俺は素直に従った。

「――昼休み、何があった？」

管藤はメガネをかけていて知的な風貌をしているが、元々駆け引きをするタイプではないのだろう。ズバッと直球で聞いてきた。

「黙秘権は？」

「ない」

「……なら少し考えさせてくれ。どう説明していいかわからないんだ」

魔子とキスをしたことなんて言えない。

そこを仁太郎に見られ、大喧嘩になったことも言えない。

仁太郎が魔子に告白してフラれたことも言えない。

逆にそのことで何となく仁太郎と魔子が少し仲良くなったことも言えない。

どれか一つ言うだけで他の事柄に繋がるし、すべてが管藤の地雷を踏むことになる。

俺が頭を悩ませていると、管藤から聞いてきた。

「じゃあこれから白雪と才川さんが会うことは知っているか？」

管藤がどこまで知っているのかわからなかったが、ここはごまかす意味がないと思った。

「ああ、知っている」

「内容については？」

「……管藤は知っているのか？」

俺が失言することで、魔子や仁太郎に迷惑をかけかねない。

だから質問に質問で返すのはよくないと感じていたが、あえて尋ねてみた。

「知らない。だが話したいと言ってきたときの才川さんの雰囲気とか、白雪の表情から、重い内容だと思う」

「……そうか」

「そうか、じゃないだろうが」

管藤は俺をにらみつけた。

「白雪と才川さんの関係がおかしいんだぞ？　そんなことになる原因は、悪いがお前に絡んだこととしか思えない」

「………」

認めたほうがいいのだろうか。俺のせいであることを。

白雪と魔子の間で宙ぶらりんの俺がなじられるのは当然だと思うが、これ以上管藤を俺たちの問題にかかわらせるのはよくない気がしている。管藤と白雪、管藤と仁太郎の関係まで悪化しかねない。

「言えないってことは、肯定ってことだな」

管藤がすっくと立ち上がる。

両肩からぶら下がる三つ編みが揺れた。

「わたしはお前のこと、もう少し誠実なやつだと思っていたよ」

管藤のことは友達として好意を持っていた。

それだけに失望の言葉が臓腑に染みた。

だが管藤の判断は正当なだけに俺から反論はできない。

管藤はそれだけ言って反転し、去っていった。

俺は管藤の背が見えなくなるまで見つめていたが、

「廻、言わせたままでよかったのか？」

彼女の向かった先と逆側の柱の陰から、ひょいっと仁太郎が顔を出してきた。

「お前がなぜそこにいる？」

「跡をつけたから」

ペロッと仁太郎が舌を出す。

殴ろうかと思ったが、ちょっと距離が遠かった。

仁太郎は頭を掻きながら近づいてきた。

「なぁ、廻。立夏のやつ、足止めしたほうがいいんじゃね？　二人の会う場所を知ってるっぽかったから、魔子さんと丹沢ちゃんのところに乱入しに行っちゃうんじゃね？」

「だとしても、止める権利は俺にないだろ」

「権利なんて必要ねーだろ。問題はお前が立夏に二人の話を聞かれたいかどうかだ」

「それを言うなら聞かれたくないし、そもそも管藤を巻き込みたくない。でも本人から突っ込んでくるなら、止めるにも限界がある」

「まあ四六時中見張るなんて無理だしなぁ。丹沢ちゃんがかかわっている以上、立夏は止まんねぇだろうし、ある程度諦めるしかねぇか」

「ちなみに俺は、お前にもなるべくかかわって欲しくないんだが？」

「断固拒否する。おれはお前らがどんな結末を迎えるか見させてもらうつもりだ」

「悪趣味だな」

「全部が終わった後、お前に『バッカじゃねーの？』って言うやつが一人くらいいてもいいだろ？」

「……まあな」

どんな関係の人間を友達と定義していいのか俺にはわからない。

でもこういうことを言ってくる仁太郎は、間違いなく友達なのだろうと感じた。

「しっかし、どんな会話になってるんだろうな。魔子さんと丹沢ちゃん」

「二人の友情がなるべく変わらないといいんだが……」

「アホか、そりゃ無理だ」

即座にバッサリと切られ、俺は思わず喉を詰まらせた。

「おれは、お前のせいとは言わねぇよ。でもそりゃ考えが甘すぎるだろ」

「……まさか仁太郎にそんなこと言われるとはな」

「ここに至って二人の友情が崩れないなんて不可能だ。お前、現実逃避してる場合じゃねぇだろうが」

「……そうだな。だとしたら、俺はどうすればいいと思う？」

「んなもん決まってるだろ」

仁太郎は空を見上げた。

雲一つない真っ青な空だ。

「どんな結果になろうとも、逃げずに受け止めるんだよ」

「……ああ、そうだな」

俺もまた空を見上げ、同じ空の下にいるだろう白雪と魔子に想いを馳せた。

＊

学校を出て、魔子ちゃんとの約束の場所へ向かう移動中ずっと、私は悶々としていた。

『魔子ちゃんが呼び出してきた理由は？』

『場所を山下公園にしてきたことに意味はある？』

答えは会えばすぐにわかるのに、延々と考えずにはいられない。

そうしてたどり着いた、約束の場所。

まだ約束の時間まで三十分以上ある。

なのに——魔子ちゃんはすでにいた。

「……早いわね、シラユキ」

「それはこっちのセリフだよ、魔子ちゃん」

相手の手のうちをうかがうようなしゃべり方が嫌になる。

魔子ちゃんは私の憧れであり、親友だ。

だからこそ私は、嘘なく、何でも正面からぶつかってきた。

でも今は距離が近くてもどこか遠く感じる。

「あたし、午後の授業出てないから」

「もしかして、私にメッセージを送ってからそのままここへ……?」

「ええ。体調悪いってことで早退。まあ、悩んでいるって意味では間違いではないから」

「どうしてそんなに早く来ようとしたの……?」

「覚悟を決めるのに、時間が必要だったから」

魔子ちゃんの波打つ髪が、海風でなびく。

その姿のなんて絵になることか。映画のワンシーンのようだ。

魔子ちゃんは圧倒的に美しく、苛烈で、それでいてはかない。

私が一生かけても得られないものをあふれるほど持っている。

けれど、なんとなくわかった。

魔子ちゃんが本当に欲しているものは廻くんと私だけなんだって。

美しさに執着しないからこそ、ここまで綺麗なんだって。

石畳に座っていた魔子ちゃんは、ゆっくりと立ち上がった。

「もう会っちゃったんだもの。わざわざ約束の時間まで待つ必要はないわね」

「……そうだね」

私たちは臨戦態勢を整えるように向かい合った。

立ったまま、じっとにらみ合う。

「シラユキ、あたしに言いたいことたくさんあるでしょ? お先にどうぞ」

「いいの？　魔子ちゃんが泣いちゃうかもしれないから、魔子ちゃんのほうが先でもいいんだよ？」

「構わないわ。それだけの覚悟、してきたつもりだから」

ならば、いいのだろうか。

このずっと溜めてきた——黒い感情。

今、一番ぶつけたいと思っていた人が目の前にいる。

もういい。素直になってしまおう。

私は大きく息を吸い込み、一気に吐き出した。

「魔子ちゃんの嘘つき‼」

「——っ」

魔子ちゃんは顔を歪めた。

「私、言ったよね⁉　小学生のときも、高校生のときも！　廻くんに、告白していいかって！　そのとき魔子ちゃんはなんて言った⁉」

「…………好きにすればいいって」

「そうだよね！　私は正直に尋ねた！　もし魔子ちゃんが廻くんを好きなら、どうしてあのとき自分も好きって言ってくれなかったの！　そうしたら——」

「そうしたら、メグルを譲ってくれた？」

「っ！」

いきなりの反撃に、私はひるんだ。

「もしメグルを譲ってくれるつもりがあったのなら……そうね、ここで謝罪してもいいわ。嘘をついたのは確かだから。でもあたしに言わせれば、あのときあたしがメグルを好きと言っても、何も変わらなかった」

「変わったよ！　少なくとも正々堂々やれた！」

「正々堂々って、何？」

魔子ちゃんは邪悪な笑みを浮かべた。

「すべての気持ちや情報を吐きだせば正々堂々なの？　じゃあ何？　あたしは誰かと会うたび、パパは収賄で逮捕されて、ママは心を病んで入院中だって言わなきゃいけないわけ？」

「そ、そんなことは……」

強風が吹き付ける。

魔子ちゃんは舞い上がる髪を右手で押さえながら言った。

「メグルは、対外的には義理の兄。あたしの中では初恋の相手であり、最愛の人。そしてパパを逮捕に導いた、共犯者。もうがんじがらめ。こんな男、生まれ変わったって現れないわ」

「私だってそうだよ！　廻くんは初恋の人で、一緒に駆け落ちまでした運命の人！　中学生のとき、ずっとずっと会いたかった！　孤独で、辛い思いをしている廻くんを、私が身近で癒やしてあげたかった！」

「そう。なら安心して。その役目、あたしが受け継ぐわ」

「それは魔子ちゃんにはできないよ！　だって廻くんは、私を好きだって言ってくれたから！」

ギリ、と魔子ちゃんが奥歯をかみしめる。

魔子ちゃんの双眸に憎悪が宿っている。

私は他人からこれほどの憎悪を向けられたことがなかった。

予測通り一番効くセリフだったのだ。

そんな言葉をわざわざ選び取り、親友にぶつけた私は——ひどい人間だ。

「そうね、そうかもしれないわ……。あたしはメグルを癒やせないかもしれない。でもね、メグルはあたしのことを癒やしてくれるの。寂しいとリビングのソファーで、頭を撫でてくれたり、キスをしてくれたりしたの」

「っ！　それは同情と罪の意識からでしょ！」

「だとしても、キスしてくれたのは事実よ！」

今度は私が唇をかみしめる番だった。

キスは私が廻くんにおねだりし、してもらえなかったものだ。

一番悔しいところをえぐられた。

嫉妬の業火が、全身を焼き尽くす。

羨ましくて、妬ましくて……つかみかかってしまいたいほどの衝動に駆られた。

これほどの激情が湧き上がったのは生まれて初めてかもしれない。

私はギリギリの理性で唇をかみしめ、反撃した。

「私にだって、江の島でしてくれた！」

「そのときだけでしょ？　あたしとの中学時代の日々を思い出してからはしていないはずよ。

どう、違う？」

「それは……」

今まで私が魔子ちゃんと言い合いで比較的勝てていたのは、倫理的に勝っていたからだ。

魔子ちゃんは頭がいい。どちらも決め手に欠く泥沼の口論では、魔子ちゃんのほうが一枚も

二枚も上手だ。

「シラユキへの愛情より、あたしへの贖罪の意識のほうが勝っているのよ。確かに今、あた

しへの感情は、愛より贖罪が強いかもしれない。でもいつか必ずあたしのほうを振り向かせ

てみせる。それだけの自信はあるわ」

魔子ちゃんは自らの美貌を鼻にかけるように、身体の線をなぞり、胸を張った。

その流麗なラインは女の私から見ても魅力であふれている。男の人から見たら、きっと見惚

れてしまうほどだろう。

私は魔子ちゃんより器量のよい人間を知らない。

だから魔子ちゃんの自信には、十分な真実味があった。

「魔子ちゃん……どうしてそんな風に言うの……」

私の瞳は涙であふれていた。

口論でも魅力でも勝てない。持っている才能が、あまりにも違う。

だからといって泣き落としは反則だ。

でも悔しくて悲しくて――

何より親友と思っていた魔子ちゃんとこれほど心をえぐり合うことが辛くて――

つい泣けてきた。

「ずっと信じていたのに……ずっと大好きだったのに、どうして……」

魔子ちゃんは目を見開き、そっと視線を逸らした。

「その顔、そのセリフ……あ、た、し、が何度も想像して、ず、っ、と恐れ、て、き、た、も、の、そ、の、も、の、だわ……」

「えっ……？」

「あたしだって、シラユキのこと、好きよ……。こんな風になった今でも、たった一人の親友だって言えるくらい……。でも――」

魔子ちゃんが再び正面を向く。

その頬に、涙が一筋こぼれた。

「メグルのほうが欲しいと思ってしまった……。シラユキは傍に三年いなくても、生きられた……。でもメグルがいない生活は、もう思い描けない……。どちらかしか選べないのであれば、あたしはメグルを取る……。その覚悟を決めていたの……」

「魔子ちゃん……」

私は深呼吸をし、ゆっくりと言った。

「魔子ちゃん……。私も魔子ちゃんも、まだ真の意味で廻くんに選ばれてない」

「………」

「お互いちゃんと廻くんに告白して、その気持ちを聞くのはどうかな？」

「……ダメよ」

「どうして⁉」

私はこれが一番いい解決方法だと思った。

廻くんがどちらを選ぼうとも、納得するしかない状況を作る。

もちろん選ばれなかったほうが辛い。

けれども、納得はできるはずだ。

魔子ちゃんは苦笑いをして言った。

「メグルが好きなのは、シラユキだもの。あたしはメグルの罪の意識に付け込んでいるだけ。

もし正々堂々なら、最初から勝負になってないのよ」

どっと肩が重くなった気がした。

話し合いは完全に平行線だ。

互いの妥協点はおそらく出ない。

「魔子ちゃん……私たち……もう仲良くできないのかな……？」

「ならシラユキ、メグルを諦めてくれる？」

唐突に言われた都合のいい言葉に、私の中にあった『何か』が切れた。

「――そんなこと、できるわけないじゃない！」

私は思わず足元にあった、指先大の石を投げつけていた。

さっき切れたのはきっと私の理性の紐だ。

元々危ういところまで引き伸ばされていた。それが魔子ちゃんの利己的なセリフがトドメの一撃となって切れたのだ。

あふれ出てきたのは、心のもっとも奥底に封じていたドス黒い感情だった。

「ずっとずっと廻くんが好きだった！　魔子ちゃんより前から！　なのに後から好きになった魔子ちゃんが、私に廻くんを諦めろって言うの！」

「シラユキが甘いこと言うからよ！　あたしだって三人でいられたほうがよかったわ！　だから考えたの！　とてもとても長い間考えたわ！　でも——そのためにはあたしかシラユキ、どちらかがメグルを諦めるしかなかった！」

「本当にもう無理なの⁉」

「じゃあシラユキが提案して！　あたしにないアイデアを！　それかメグルは諦めて！　それならあたしは、生涯シラユキと親友であることを誓うわ！」

「全部私に押し付けるつもり⁉」

「甘ちゃんなことを言うなら、それだけの行動をしてって言ってるのよ！」

互いに息切れしていた。

全部、あるだけの気持ちをぶつけあっているのだ。

肉体より精神が悲鳴を上げていた。

答えがない。

私も魔子ちゃんも、三人でいたい。

でも私も魔子ちゃんも廻くんが好きで、自分が廻くんと結ばれたい。

結論はどちらかが譲るしかない。

だけど私も魔子ちゃんも、それだけは否定する。

果てのない話し合いだった。

「もう……無理ね……」

魔子ちゃんは踵を返した。

「本当に、残念よ……。あたしにとって親友と言えるのは、シラユキだけだから……」

「魔子ちゃん……」

私は涙があふれて止まらなかった。

そうして魔子ちゃんが歩き出そうとしたときのことだ。

誰かが近寄ってきたのは。

「最低だな、才川さん」

肩から流れ落ちて揺れる、長い三つ編み。

立夏ちゃんだった。

「あんた、何でここに……」

「そんなことはどうでもいい」

魔子ちゃんの疑問を一言で切って捨て、立夏ちゃんは魔子ちゃんの正面に立った。

「白雪は優しいから言わないだろう。だからわたしが全部言ってやる」

「いきなり何？　聞き耳立ててたの？　はっ、趣味が悪いわね。それであんた、シラユキの弁護をするってわけ？　邪魔よ。どっか行って」

魔子ちゃんは足の向きを変えると、立夏ちゃんは横に移動して立ちはだかった。

「引き際ってのをわきまえなよ、才川さん。確かに才川さんと湖西の間には、普通では考えられないような関係があるんだろう。でも白雪と湖西は両想いだ。一番大事なのは、その部分だろう？」

「あんた……途中から入ってきてぺちゃくちゃと……っ！」

激昂して魔子ちゃんが立夏ちゃんの制服の襟を掴む。

魔子ちゃんは立夏ちゃんより一回り以上身長が高い。だから圧迫感は凄まじいだろう。

だけど立夏ちゃんはまるで動じず、冷めきっていた。

襟を掴まれたまま軽蔑した眼差しで見上げる。

「わたしは、すべての元凶は両想いの二人のところに割り込んだ才川さんだと思ってる。特に湖西の罪の意識に付け込んだところがわたしは許せない。白雪という彼女がいる男に外でキスをしたのも最低だ」

「……そうよ」

言いたいことを言われて、逆に魔子ちゃんは冷静さを取り戻したようだ。

氷のような冷たさを携えて魔子ちゃんは言った。

「あんたの言うことは間違ってないわ。でもね、あたしにはその道しかなかった。だから後悔はまるでしていない。ただね――」

魔子ちゃんは立夏ちゃんの胸倉を絞り上げた。

「好きな男に告白すらできないあんたにだけは言われたくないわよ！」

罵倒を浴びせ、突き飛ばす。

立夏(りっか)ちゃんが尻もちをつく。慌てて私は駆け寄り、背中を支えた。

幸い怪我(けが)はないようだ。すぐさま立夏(りっか)ちゃんは立ち上がり、先ほどまでとは一転——激怒していた。

「才川(さいかわ)さん……あんたねっ！　そういうこと言う⁉」

彦田(ひこた)くんに告白できないことが立夏(りっか)ちゃんの急所なのだろう。

その点を魔子(まこ)ちゃんは見抜き——容赦なくえぐったのだ。

「あたしたちは身を削ってるの！　でもあんたは、自分のことを棚に上げて人を非難するだけ！　野次馬根性で人の事情に首を突っ込んでくるほうが最低よ！」

「——っ！」

「あたしに二度と話しかけないで！　目障(めざわ)りよ！」

魔子(まこ)ちゃんは鼻を鳴らして去っていく。

立夏(りっか)ちゃんは言い返そうとしていたが、私は肩を摑(つか)んで止めた。

私と魔子(まこ)ちゃんは小学三年生のときに同じクラスとなり、友達になった。

それからほとんど喧嘩(けんか)をすることはなく、互いに一番の友達。

そして一番の友達だから、本音をぶつけていた……はずだった。

でも――

すべての本音をぶつけたことで、私と魔子ちゃんの関係は――完全に破綻した。

その五　『愛してる』の続きの話を

＊

魔子が白雪に会った際、どんな会話をしたのか俺は知らない。

ただ魔子は家に帰るなり、リビングで待っていた俺にこう言った。

「シラユキと話したわ」

「どうなった？」

「もう二度とシラユキを親友と呼べないでしょうね。あのデコメガネのやつ……好き勝手言って……でも間違ってないのがまたムカつくのよね……」

「デコメガネ……？」

「あんたのクラスの」

「もしかして管藤のことか……？」

「ええ、乱入してきたわ」

「乱入……？　何があったんだ？　シラユキとはどんな会話を？」

「……知らないわ」

魔子はそのまま自室にこもると、ご飯や風呂のために声をかけても出てこなかった。

耳を澄ますと、ドア越しにすすり泣く声が聞こえた。

＊

この一件の余波は大きく、一つずつ、ドミノが倒れるように俺たちの関係は変わっていった。

例えば翌日から、魔子は少し雰囲気が変わった。

俺と魔子は登校中あまり話さない。

俺の役割はあくまで魔子の護衛であり、魔子はお姫様。クールにしていて、他人には隙を見せないのが魔子のスタイルだ。

外で楽しそうに会話をしているときは、白雪のおかげと言っていい。俺と魔子の間に入って和ませてくれるのだ。

しかし白雪との関係が破綻したことで、そのバランスが崩壊した。

「……魔子、少し近い」

「いいのよ、別に」

電車の中。

制服が触れ合うほどの距離に、魔子が近寄ってくる。

リビングで寂しくしているときに見せる、色気と表情だった。

「魔子……」

そう、魔子は白雪との関係が絶たれたことで、より孤独を深め、俺への依存を深めるようになった。

もう他人などどうでもいいと言わんばかりだ。

見せつけるように俺へ近づき、なるべく触れたがる。

そんな魔子の表情や態度を見て、周囲の噂にのぼらないはずがない。

「才川さん、あんな表情するんだ……」

「完全に湖西くんとの世界に入ってるよね……」

「でも湖西くんって、丹沢さんと付き合っていたんじゃ……」

この行動にもっとも過敏に反応したのが、管藤だった。

管藤は元々魔子を敵視している部分があったが、それがより過激になった。

その日の昼休み、俺のところへ遊びに来た魔子に対し、管藤が食いついた。

「才川さん、別のクラスなんだから、わざわざうちのクラスに来ないでくれる？　目障りなんだけど？」

「はっ？　昨日話しかけるなって言ったつもりだけど、聞こえなかったのかしら？　それにクラスに入るなって、あんた何様のつもり？」

この状況に対して口を挟んできたのは仁太郎だった。

「おいっ、立夏！　お前、感じ悪すぎだろ！」

「何よジンタ！　この女の肩を持つわけ！」

「そりゃ今のやり取りで、どっちが悪いって言ったらお前だろ？」

「この女が何やったか知ってるくせに！」

「むしろ立夏、お前の理解が足りてねぇんじゃねーか？　おれ、廻とも魔子さんとも腹割って話して、ある程度納得してんだ」

「……は？　魔子さん……？」

仁太郎は体育館裏手でのぶつかり合いを境に、魔子の呼び方を『魔子様』から『魔子さん』に変更した。

そのことに仁太郎を好きな管藤が引っかからないはずはなかった。

「何よ、それ。何で呼び名が変わってるわけ？」

「はぁ？　別にいいだろうが」

「どうでもよくない！」

「あ～」

仁太郎は周囲を見渡した。

教室内で、しかも近くに魔子がいることもあってどうしても注目度が高い。

仁太郎は頭を掻きつつ、声のトーンを落としてそっと話しかけた。

「この前、魔子さんに告ってフラれてよ。ま、そうしたら友達としての距離は近くなってさ。んで魔子さんって呼ぶことにしたわけよ」

「はぁ!? 聞いてない！ そんな大事なこと、何でこんな場所で言うわけ！」

「場所、関係あるか？ むしろ恥をさらしてるのおれなんだが？」

「それに何ですぐわたしに言ってくれなかったの！」

「言う必要ねぇじゃん」

「っ……知らない！」

管藤は荒々しい足取りで教室を後にした。

本当に人間関係は難しい。仁太郎が俺や魔子寄りになった分だけ、管藤と仁太郎の距離が離れるのはさすがに想定外だった。

俺、白雪、魔子、仁太郎、管藤――

少し前までこの中で仲が悪いと言えるのは魔子と管藤だけだったが、一つズレただけで関係が目まぐるしく変わっている。

俺は以前から仁太郎と管藤はもっと近づいてもいいと考えていた。

それだけにこの状態は放っておけなかった。

「仁太郎、ちょっといいか？」

「ん？　ここじゃダメか？」

「魔子がいるせいで人が見てる。なるべく他の人に聞かれたくない」

「……あたしが悪いってわけ？」

魔子が口を尖らせるが、ケアは早いほうがいい。

「別にお前を邪険にしているわけじゃなくて、お前がいると注目度が高くなるんだよ。お前だって管藤があのままでいいと思ってないだろ？」

「ふんっ、あんなやつ知ったこっちゃないわよ」

あいかわらず魔子には子供っぽいところがある。

こういうとき同じ部分を突っつくのはあまりよくないので、矛先を少し変えた。

「このことは、仁太郎にとってもよくないことだと思うんだよな」

「おれ？」

「そう。それくらいは魔子にもわかるだろ？」

「……好きにすれば」

やっぱり魔子はわかっている。仁太郎と管藤の仲がいいにこしたことはないって。

俺は購買で買った焼きそばパンとメロンパンを持って、仁太郎と体育館の裏手に移動した。

「またここかよ……。昨日のことで、ここにいいイメージないんだが……」

「俺だっていい思い出じゃないが、人がいないからな。都合はいい」

俺が石階段に座って焼きそばパンをかじると、仁太郎も横に座ってコロッケパンにかぶりついた。

「仁太郎、管藤に謝っておけよ」

「えっ、おれが謝るのか？　あれ、立夏が悪いだろ？」

「だとしても、お前から謝っておけよ」

「なんでそんなことおれが……」

「本当にわからないか？」

俺は真面目な表情で尋ねた。

仁太郎に、おどける隙を与えないように。

「俺、お前って実は理解している気がするんだよな」

「何をだ？」

「例えばさっき、管藤が怒った理由とか」

「…………」

仁太郎はお調子者で成績だってよくない。

でも人の機微がわからないようなやつじゃない。

それは俺と魔子のキスを見て、乱入してきたときにだって十分に証明されている。

その仁太郎が管藤の好意に気がつかないだろうか？

（魔子が好きだったから、気がついてないフリをしていただけなんじゃ……？）

俺はそう考えていた。

仁太郎は半分残ったコロッケパンを一気に口の中へ放り込むと、無理やりそしゃくし、トドメに牛乳で喉の奥に流し込んだ。

「……わかっているとしたら、おれをこんなところに連れ出して、お前は何を言いたいんだ？」

ああ、やっぱりわかっていたか。

ならば言うべきセリフは決まっていた。

「もっと、管藤を見てもいいんじゃないかって思うんだ」

「悪いが廻、そいつはお前に言われたくねぇな。お前だって見たくないことには蓋をしてきただろ？」

「それは……」

「フラれたけどさ、おれはまだ魔子さんが好きだ。魔子さんがお前しか見てないってわかっていてもな」

「……すまない」

「謝るんじゃねーよ。バカ」

仁太郎は紙袋からウインナーパンを取り出すと、大口を開けてほおばった。

「でも、ま……おれだって立夏とは昔からの付き合いだ。恋愛とかわかんねーけど、嫌いじゃねーし。仲良くしたいとは思ってるよ」

仁太郎が魔子にフラれたのはまだ昨日のことだ。心の整理に時間がかかるのは当然だろう。だからこそ、その状況下でこの発言を引き出せたことが大事だった。

「……正直なところ、安心した。あとでフォローしておけよ」

「わかってるって。あのときの言い方は立夏が悪かったと思ってるけど、立夏の怒りもわかるし、ちゃんと話すって」

「ならいい」

俺と白雪と魔子は、出口の見えない迷路の中をさまよっている。

でもそこに仁太郎や管藤が巻き込まれる必要はない。

(仁太郎と管藤は、喧嘩をしながらも仲のいい関係であって欲しい)

きっと白雪や魔子もそう思ってくれるだろう。

「それよりお前のほうだ」

仁太郎がパックの牛乳を飲み干し、握りつぶした。

「昨日、魔子さんが丹沢ちゃんとやり合ったらしいけどさ、お前も丹沢ちゃんと話すのか？」

「……ああ、そのつもりだ」

「何を言うのか、決めてるのか？」

「一応、後悔がないような内容にするつもりだ」

「まあ決まってるなら、おれから言うことないけどよ。一つだけ教えてくれよ」

「……何だ？」

「決着をつけるのか？」

「つくかどうかは白雪次第だな。もう隠すものなんて何もない。正直な気持ちをぶつけるつもりだ」

仁太郎は口の端を吊り上げた。

「お前、ロックだな」

「意味がわからん」

「どうしてわかんねーんだよ！」

俺はその後ロックの説明を仁太郎から受けたが、興味がないので受け流すことにした。

＊

元々俺から白雪に話をしたいと言ったところ、魔子が先に話したいと言うので譲っている。

魔子が白雪と腹を割って話したのなら次は俺の番だった。

「白雪、どこかで時間をもらえないか？　大事な話があるんだ」

放課後。俺は白雪が校門を出るところを狙って話しかけた。

魔子の変化を受けて、俺と白雪の関係も噂にのぼりがちだ。人目を避けて声をかける必要があった。

「これからでもいいけど……場所を変えようか」

「ああ」

学校を出れば注目度が減ると思いきや、バス待ちの生徒たちの視線が痛い。

俺と白雪は行き先を打ち合わせしなかったが、自然と人気の少ないほうに足が向いた。

互いに黙ったまま歩く。

俺と白雪は二人でいると、会話をしないことも多い。

白雪の気持ちまではわからないが、俺は白雪が傍にいるだけで十分だった。白雪のまとう穏やかな空気の一部になるだけで救われるのだ。

ただ今日ばかりは空気が重かった。

――後悔だけはしないように。

古瀬さんのアドバイスが、俺の脳内で警鐘を鳴らすように繰り返されていた。

歩いて、歩いて……たどり着いたのが山下公園だった。

──俺が小学生のころ、白雪に相談をしていた場所。

──白雪に初めて恋心を覚えた場所。

──白雪にキスをねだられたのにできなかった場所。

──魔子との関係がバレていることを白雪から告げられ、一度は自殺を決意した場所。


決着をつけるにはこれ以上ない場所だろう。

「大事な話って……何？」

セミロングの髪が海風で宙を舞う。

白雪はそっと髪を押さえたが、その間まったく俺に視線を合わそうとしなかった。

それだけで胸に痛みが走る。だが前に進むしかなかった。

俺は策を弄するタイプじゃない。

だから素直な気持ちをまっすぐにぶつけた。

「俺は、白雪が好きだ」

「廻くん……」

いきなり告白されるとは思っていなかったのだろう。

白雪は驚き、振り向いて俺を見上げた。

その大きな瞳が言葉の意味を理解するにつれて見開いていく。口元を両手で覆い、目尻には涙が浮かんでいた。

白雪のいじらしい仕草に、胸が高鳴る。

でも『素直』ということは、ここで話を終われないから——

俺は一度大きく深呼吸し、ゆっくり口を開いた。

「けど、裏切っていたことも事実だ。そして地獄に堕としてしまった魔子を、俺は今も見捨てることができない」

「っ！」

白雪は一瞬、眉をひそめた。

だがすぐに表情を消すと、視線を地面に落としてつぶやいた。

「……それは……そうだよね」

また俺は白雪の期待を裏切ったのだ。

砂利をかみしめるような苦みが口の中に広がる。愛する人を傷つけたときにだけ感じられる、最低の味だ。

これ以上白雪の声を聞くのが怖くて、俺は先手を打って用意していた言葉を口にした。

「俺はある人に相談して言われたんだ。後悔しないように、って。それで考えて、一つ決めたんだ」

「……何を？」

「魔子は俺のことを『本当の恋人』にしろと言った。表は白雪でもいいが、裏は自分がもらうって。それを拒絶できなかったのが、俺の罪だ」

白雪が好きなら、どれほど魔子に良心の呵責を覚えようと一線を守るべきだった。

土下座でも何でも別の方法で魔子を救う方法を模索するべきだったのだ。

「だから、魔子とは『本当の恋人』なんて関係をやめる。俺は白雪を愛している。俺の恋人は白雪だけだ。魔子とは家族としての節度を守って、贖罪をしていくつもりだ」

「廻くん……」

白雪が泣きそうな顔になる。喜んでくれているのだ。

そのことが、とても嬉しい。魔子とのキスを見せてしまったというのに、まだ俺のことを想ってくれていることがわかったためだ。

でも告げなければならなかった。

――『愛してる』の続きの話を。

「ただ、今、白雪と関係を進めるのも怖い。きっと俺は、魔子のことを思い浮かべてしまうだろうし、魔子が傷つくだろうから」

「……関係を進めるって、例えば？」

「キス、とか」

びくっと白雪が全身を震わせた。

「わがままを言ってすまない。白雪が、俺に愛想を尽かしてもしょうがないって思ってる。でも今の俺が後悔しない行動を考えて、こんな結論しか出なかったんだ」

「いいよ、それで」

白雪はニコッと笑った。

「私、それでいい。何よりも、廻くんが私を愛してるって言ってくれたことを信じたい」

「……ありがとう」

俺は礼を言ったが、違和感はあった。

なぜなら白雪の笑顔に、天真爛漫さがなくなっていたから。

正直なところ話がうまくいきすぎだった。

俺の犯した罪は、生易しいものじゃない。

白雪の心を引き裂いたに等しいことだ。簡単に許されるものではないだろう。

それをあっさり白雪は呑みこんでしまった。

いや、呑みこんだように見えた。

俺は不安を覚えつつ、白雪と別れた。

＊

家に帰ると、リビングのソファーに魔子が座っていた。

俺は白雪と魔子が腹を割って話した際、どうなったのか聞くためにリビングで待っていた。

立場が変わって、俺と魔子はまったく同じ行動をしていた。

「で、どんな話をしてきたわけ？」

俺は立ったまま簡略に告げた。

「白雪に告白してきた」

「っ！　……そう」

テレビはついていないというのに、魔子は背を向けたまま視線をテレビに向けている。

「魔子と『本当の恋人』の関係をやめるとも言ってきた」

「あたしが呑むとでも？」

「お前とは家族としての節度を守って、贖罪をしていくつもりだ」

「贖罪？　あたしはあんたと付き合うことを望んでいるのに、それ以外でどうするつもり？」

「それは時間をかけて探していければと思ってる」

「話にならないわね」

「同時に、白雪と関係を進めるのも待って欲しいと伝えた」

「はぁ？」

魔子は瞬きをすると、ソファーの背に手をかけ振り向いた。

「今、関係を進めると、魔子を思い出すし、魔子を傷つけてしまうからって言った」

「はぁ～」

魔子は額に手を当て、深々とため息をついた。

「両方の望みを叶えられないなら、片方の望みを叶えるわけじゃなく、両方の望みを叶えないって考えなわけ？」

「何を言っているんだ？　俺は白雪と恋人だ。白雪を選んでいる」

「おててつないでいれば満足とでも？　小学生じゃないのに？」

「ダメか？」

「しかも理由が最低よね。他の女が頭にちらついて、しかも傷つけたくないからとか」

「……時間稼ぎみたいな結論なことは理解しているつもりだ」

「最低だけれど、ギリギリ理解できるのがまた最低ね」

「反論の言葉が浮かばないのも最低だな」

魔子はローテーブルに嫌味なほど長い脚を置いた。

はしたないのでたびたび注意している行動だ。

俺は今回もまた注意しようとしたが、その前に魔子が口を開いた。

「あんたとあたしはまだいい……。でも、立て続けに裏切られているシラユキは大丈夫かしら……」

今は破綻してしまっているとしても、長く親友をしてきた魔子の言葉は重い。

ゾクリ、と背筋に悪寒が走った。

＊

魔子の懸念は、翌日から顕著に表れた。

「ねっ、廻くん！　私、お弁当作ってきたんだ！　一緒に食べようよ！」

白雪は昼休みになるなり近づいてきて、重箱に入ったお弁当を披露してきた。

白雪が俺の告白を肯定的に受け取ってくれたのは嬉しい。しかし積極的な行動で俺の気を引こうと考えたことは――想定外だった。

「あれ、丹沢さんと湖西くんって、喧嘩してたんじゃなかったの……？」

「そうそう、そこを才川さんが割って入ってきて……」

「でも何だか丹沢さんらしくないよね……」

白雪は天真爛漫であり、それが長所だ。

でもこんなあざといなんて不自然極まりなかった。

「白雪！　どうしてそんな媚びるみたいなことを……っ！」

これに反発したのが管藤だった。

この『媚びる』というのは比喩じゃない。本当に白雪から媚びるような雰囲気が出ている。

「媚びてないよ？　何を言ってるの、立夏ちゃん？」

ケロッと白雪は言う。

「じゃあ何でそんなわざとらしく湖西のシャツを掴んでるの？」

「それは、私が掴みたいからだよ」

「わざとベタベタして。才川さんに当てつけようとしているのか？」

「だとしたら、何？」

白雪の声が低くなった。

「廻くんの彼女は私なの。魔子ちゃんは廻くんにとって、ただの家族。だから家族にできないことを私がしているの。何か問題ある？」

「問題ある、って……」

白雪はこんな言い方をするタイプじゃなかった。

特に友達に対しては絶対に言わなかった。

（ああ——）

俺の口の中に苦みが広がった。愛する人を傷つけたときに感じる、砂利の味だ。

純白に一度ついた黒い染みは拭いきれない。

耐え難い罪の意識の中で、俺ができるのは白雪を守ることだけだった。

「管藤、悪いな。俺が全部悪いんだ。白雪、ここだと目立つから、別のところで食べようか」

「湖西……あんた……」

俺の顔を見て、管藤は声を震わせた。

なぜそれほど表情をこわばらせるのだろうか。

俺は白雪と幸せな道を進もうとしているのに。

「……何だ？」

俺が尋ねると、管藤は労るような口ぶりで言った。

「ちょっと休んだほうがいいんじゃないか……？　一週間とか……一度、ゆっくり休養を取るべきだと思う」

「おれも立夏に同感だ」

仁太郎が会話に入ってきた。

「丹沢ちゃんもな。この際、廻と距離を取ったほうがいいと思うぜ」

「でも――」

白雪が言葉を濁した意味を、仁太郎は正確に理解していた。

「付け加えるなら、魔子さんもな。今のお前ら目が血走ってるし、疲れてるし、おれの知るお前らじゃねぇ」

「だが——」

「だがもダガーもねぇんだよ」

「くだらないシャレ」

仁太郎のボケと管藤のツッコミが、何だか癒やしのように聞こえた。

「立夏は黙ってろ。とにかくお前ら、ちょっと冷静さが足りてねぇ」

「そこはジンタと同感」

そこまで言われると、俺は口をつぐむことしかできなかった。

「立夏、こいつらが落ち着くまで俺と一緒に廻を囲まねぇか？　こいつら放っておいたら、勝手に揉めだすと思うんだよな」

「……乗った」

仁太郎と管藤がニヤリと笑う。

俺にはもう何が正しくて何が間違っているかわからなくなっていた。

ただ仁太郎と管藤の仲が元通りになったことは、ここ最近で一番喜ばしい出来事だと思った。

＊

定期検診の日。

俺は診察室で先生と二人、話をしていた。

「うん、記憶は完全に取り戻したようだね」

「ええ。今までありがとうございます」

「でも睡眠障害と不安障害が悪化しているようだ。薬を増やすか変えるかしたほうがいいかもしれないな」

「ご迷惑をおかけします」

「まあ、無理ないと思うよ。そんな状況ならね」

先生には正直にすべてのことを話している。

聞くプロだし、そうしなければ薬の処方も難しくなるためだ。

今、自分の好きな人たちがバラバラになりかけている。

倒れている場合じゃない。やるべきことはすべてやらなければならないのだ。

「メンタルを病む人は、君のように生真面目な人が多いんだよ。責任感が強いため、自分を責めてしまう。プロとしてはそれを改善するようなアドバイスをするべきなんだけど、一個人としては、いっそ全力でバタバタしてみてもいいと感じている。ほら、君の話の中に出てきた……古瀬さん、だったかな？　後悔のないように、というのは僕としても同感だ」

「俺は、どうすればいいんでしょうか？」

「正解があれば教えるんだけどね。それがないから君も心を病むほど苦しんでいるんだろう？」

「そう、ですね……」

「もし僕が言えるとしたら、焦りと短絡的発想はやめたほうがいい。君はまだ十五歳。人生を悟った気になるのは早すぎるよ？」

「……聞いていただいてありがとうございました」

こうして新たに処方箋をもらって病院を後にした。

「廻くん」

「白雪……」

病院を出たところで、白雪が待っていた。

今日、この時間に診察を受けることは教えていた。ついていきたいと言った白雪に対し、俺はわざわざ来なくていいと伝えたはずだった。

「どうしてここに？」

「廻くんと、話したくて」

「……そっか。お昼、一緒に食べようか」

「もしよければ……」

白雪は身体で隠していたピクニックバスケットを前に出した。

この前、代々木公園に持ってきたものと同じバスケットだ。

（一緒にご飯を食べる約束をしていなかったのに……）

俺に予定が入っていた場合を考えていなかったのだろうか。

一緒に食べられなかったら、この中に入っている食材のほとんどは捨てられることになっただろう。

その光景を思い浮かべ、俺はゾッとした。

「じゃあベンチがあるところに行こうか」

こうして俺たちは山下公園まで移動し、海が一望できるベンチに腰を下ろした。

ここ数日、俺の周囲には仁太郎と管藤がいて、白雪と二人きりになることはなかった。

その配慮に感謝し、俺は家の中で魔子と節度を持った対応を心掛けている。そうしないと、フェアでないように思うから。

おかげで最近は俺、仁太郎、管藤の三人で会話しているパターンが多い。

そのためか白雪の言動はどこかぎこちなかった。

「こ、これね！　ほら、この前、廻くんがおいしいって言ってくれたやつ！　こっちはね、今日のために用意してきた新作！　やっぱり揚げ物ばかりじゃ胃がもたれちゃうと思って、色どりのこともあって人参を――」

「……ありがとう」

代々木公園でのピクニックから一か月も経っていない。

なのに以前とまったく違う。何か見えない壁ができている。

なぜこんなことになってしまったのだろうか。

「……おいしいな」

俺は照り焼きチキンを挟んだサンドイッチを一口食べ、つぶやいた。

「よ、よかったーっ！」

あのときだって、俺は裏で魔子と『本当の恋人』の関係にあった。

今はそれを解消し、すべてを白雪に話している。

明らかにし、やり直し、進み始めているのに――割れたグラスが元に戻らないように、俺たちの関係はかつてと同じにならずにいた。

そのことに俺は――強い呵責の念を抱いていた。

「ごめん、白雪……」

こんなにおいしいものを食べているというのに、味がしない。

目からは涙がこぼれ落ちていた。

「白雪は、何一つ悪くないんだ……。なのに傷つけて、そんなに気を使わせてしまって……」

白雪は一途に俺を慕ってくれていた。

でも俺が裏切った。魔子とキスをした。

その結果、白雪からあの天真爛漫な笑顔が失われた。


――ファーストキスは、背徳の味がした。


背徳の味は、血の味に似ている。

白雪を傷つけたときは、砂利の味だ。

そして今、俺は裏切りの味をかみしめている。

これはどんなに素晴らしい食べ物でも、反吐が出そうになる呪いだ。

いっそ何も食べず、自分を殺してしまったほうがいいと思うほど、くそったれな味しかしない。

「謝らないで、廻くん……」

白雪はそっと俺の右手に触れた。

「事情を全部聞いて、私が廻くんの立場だとしたら、たぶん同じことをするって思ったの……。だって、魔子ちゃんを捨てられないじゃない……」

「違うんだ、白雪……。白雪は理解しなくていいんだ……」

俺は奥歯をかみしめた。

「被害者なんだ！　怒っていいんだ！　罵倒していいんだ！　俺を許さなくていいんだ！　裏切られてまで相手のことを理解する必要なんてないんだ！」

本来、俺も魔子も、縁を切られても仕方がないほどの裏切りをしている。

でも白雪は呑みこんでしまった。

魔子は以前言っていた。

『シラユキの行動を見てみないとわからないけど、あたしがひとまずあんたとシラユキが付き合うことを呑んだように、シラユキもまた、あたしとあんたの関係を呑みこむ可能性があるってことよ』

これが実際に起こってしまった。

魔子が俺と白雪が付き合うのを呑んだのはまだわかる。放っておいても白雪が好きな俺は告白し、付き合うことになっていた可能性が高いから。

でも白雪は違う。

親友と恋人に裏切られたのだ。

白雪は優しすぎる。見ている俺が耐え切れなくなるほどに。

「っ！」

白雪は一度深呼吸をすると、思い切り手を振り上げ——

——スパンッ！

俺の左頬に、平手打ちを叩きこんだ。

「じゃあ——私は、どうすればよかったの！」

左頬がひりつくように熱い。

白雪の両眼からは涙がこぼれ落ちた。

「私が怒りちらせばよかったって言うの！　そうなったらどうなると思う！　傷ついた廻くんと魔子ちゃんは、互いに慰め合うでしょ！」

白雪の表情が、長い付き合いの俺でさえ見たことがないほど怒りに満ちている。

あの穏やかな白雪にこんな顔をさせてしまった。

罪の意識が脳を侵す。

俺は辛さのあまり、つい逃避の言葉を口にしていた。

「いや、そんなことは——」

「……そうだね。廻くんは魔子ちゃんを拒絶するかもしれない。でも、毎日魔子ちゃんが泣いて、すがってきて、仕事にも行けなくなって……部屋に閉じこもってしまったとしたら……どう？　それでも拒絶しきれる？」

「っ――」

確かにそこまで魔子がボロボロになっていたら俺は――受け入れてしまうかもしれない。

魔子が傷つくことを見ていられなくて……お父さんから託された言葉を思い出して……何かしらの理由をつけて、受け入れてしまう可能性は、ある。

「そうなったらバカを見るのは私だよね！　恋人と親友がくっついて！　恋人と親友、どっちもなくして！　二人は時間とともに私を忘れていって、私だけが大事なものをなくすことになる！」

「そんなことは、ない……」

少なくとも俺にとっては初恋相手であり恩人である人をなくし、魔子にとってはたった一人の親友をなくす。

その苦しみは忘れられるものではない、と思う。

だが時間は白雪の言う通り、苦しみを呑みこんでしまうのだろうか……？

「立夏ちゃんがこの前言ってたけど、私だって媚びたくないよ！　それどころか、怒りたくもないし、罵倒もしたくない！　でも怒らないでいようとしたら、媚びるみたいになっちゃうんだもん！　どうやればいいの!?　どうやって笑っていたの!?　わからないよ！　教えてよ、廻くん！　私、どうやって笑っていたの!?」

痛い。殴られるより、白雪の言葉はずっと痛い。

心を突き刺し、えぐってくる。

防ぐ術はない。柔らかいところを思い切り刺され、ぐりぐりとねじられているようだ。

「すまない……」

俺は白雪を抱きしめた。

強く強く。謝罪の言葉をこれ以上言っても怒らせるだけだから、気持ちだけをその両手に込めて、抱きしめる。

俺は才川家を崩壊させてしまった罪人だ。

不幸にしてしまった魔子を救うべく、俺も地獄に一緒に堕ちようとした。

でも――

最愛の人まで俺は、地獄に堕としてしまった。

俺は白雪が苦しむどうにもならない心の迷路を知っている。

知っていながら引きずり込んでしまったのだ。

どうすればいいなんて聞くことすら甘えでしかない。

だから俺は、こう言うしかなかった。

「白雪、愛してる」

「またそんなことを……っ！　抱きしめて……甘い言葉をささやいて……そうやってごまかす

の……っ！」

「違う」

俺はそっと白雪から離れると、肩に手を置いたまま決意を告げた。

「白雪が望むことを、何でもする」

「何でも……？」

「死ねと言われたら、死ぬ」

スパンッ、と先ほどと同じ左頬に平手打ちを食らった。

「何ですぐ死のうとするの！　聞いてるよ！　他の人にも止められたでしょ！　交通事故に遭って……記憶障害になって……私がどれだけ心配したか、わかってないの⁉」

「……すまない」

たぶん俺は他の人に比べて、死への恐怖心が薄い。

俺の本当の両親と妹があの世にいるからだ。

そしてもう一つ理由をあげるとするならば、俺がバカで、それ以上の償いを思いつけないからだろう。

「あくまで例のつもりだったんだ。俺は白雪を傷つけてしまった。その償いをさせてくれ」

「電車で魔子ちゃんとイチャイチャしているのをやめてって言ったら？」

「……そんなつもりはなかったが、そう見えたのなら今後一緒に登校しない」

「そうなったら魔子ちゃん、いろんな人に囲まれたり声をかけられたりして大変だよね？」

「いつまでも俺がボディーガードみたいなことしているほうがおかしいんだ」

「そんなこと言っても、現実的に廻くんは魔子ちゃんと一緒に仕事をしないといけないし、同じ家で暮らすしかないんでしょ？」

「それはそうだが……」

俺は一度目をつぶり、数秒考えた。

「じゃあ例えば、俺が才川家を出て、マンションで一人暮らししたら満足してくれるか？」

「そんなことできるわけ――」

「バイトは倍に増やす。魔子とは学校や仕事で会うだけの、節度を持った関係にする。それならどうだ？」

「……そうしたら、廻くんも魔子ちゃんも、ボロボロになっちゃうね」

今でさえ俺は忙しい。

魔子も俺のサポートがあって忙しい毎日を乗り越えられている。

それが別の家で暮らし、助け合わなくなるとしたら――

「そう、かもな……。でも、それでも、それで白雪が少しでも心が軽くなるとしたら――」

「そんなことで心が軽くなることなんてないよ」

白雪は涙を流しながら、笑みを浮かべた。

きっと俺や魔子は、この笑顔に救われてきたのだ——そう言える、優しさに満ちた笑みだった。

「だって私は、廻くんも魔子ちゃんも、大好きだから……」

「白雪……」

「……やっと納得できた。実はね、どうすればみんなが幸せになれるかなんて、とっくに答えが出ていたの」

「どういう、ことだ……？」

白雪はベンチから立ち上がって反転した。

白雪の背後に広がる穏やかな海がさざ波を立てている。

どこかで鳥の鳴き声がした。

「——廻くん、私と別れてください」

白雪が深く頭を下げる。

そしてゆっくりと顔を上げたとき、すっきりとした笑みを浮かべていた。

「魔子ちゃんには、廻くんが必要。私は、廻くんも魔子ちゃんも好き。二人の幸せを考えるならこれが一番ってわかってた。でも今までその道を選べなかった」

俺は白雪が言っていることを理解するのに、数秒かかった。

「白雪！」

「けど今は違う。廻くんがすべてを捨ててでも私に報いようとしてくれたことで、私、わかったの。本当に、心の底から私のことを好きでいてくれたんだって。その事実だけで、私は十分生きていける」

「しら、ゆき……」

俺は顔を両手で覆った。

涙が止まらなかった。

白雪の言葉を受け止めたくなかった。

でも――

愛しているからこそ、その決断を尊重しなければならないと思った。

「ごめん……」

「誰かの望みが叶わないのはわかっていたの。でも廻くんは、常にその叶わない人を自分にしようとしていた。死のうとして、記憶障害になったのもそう。でもね、私はずっとずっと頑張ってきた廻くんに、自分を犠牲にして欲しくない。ずっとずっと好きだった廻くんに幸せになって欲しい。だから――別れよう？」

涙があふれて、顔を上げられない。

白雪も泣いているのがわかった。

声が、震えていたから。

「愛してる……いや、愛していたよ、白雪……」

俺は決断できなかった。でも白雪が決めてくれた。

その結論が俺の望んだ形かと言えば、違う。それでも身動きができなくなった俺たちの行く末を決めるものなのは間違いなかった。

だから納得したわけではないけど……自分が決められないのなら、愛する人の決断に従う以外ないと感じた。

「私も……長く想ってたから、随分引きずっちゃいそう……」

俺の初恋は、結ばれなかった。

でも俺は誇りたい。

俺の初恋の子は、こんなにも素晴らしい女の子だって。

「あと……実は一つ秘密にしていたんだけど……」

俺が涙を袖で拭って顔を上げると、白雪はスマホの画面をこっちに向けていた。

「!?」

通話中……？

魔子、と……？

「魔子ちゃんに隠し事をしたくなくて、実はずっと通話にしていたの」

「じゃあ今の会話は……」

「全部魔子ちゃんに聞こえてるはず」

白雪はスマホを耳に当てた。

「魔子ちゃん、聞こえてたよね？　私、廻くんと別れたから……自由にしていいんだよ。それに、私は魔子ちゃんとこれからも友達だから……。今まで苦しませてごめんね。もう悩まなくていいから……」

おそらく返事を求めていなかったのだろう。

白雪は俺にスマホを差し出した。

「廻くんも言いたいことある？」

「魔子……俺は……っ！」

俺はスマホを受け取り、そこまで言ったところで気がついた。


――ツーツー……。


電話が切れてるって。

俺はスマホを耳から離し、白雪に返した。

「……ありがとう、白雪。でも言う前に電話切れてた」

「あれだよ、魔子ちゃん照れ屋だから」

「魔子が照れ屋？　白雪にしか言えないセリフだな」

「そう？」

「あいつ、照れを隠すとき、キレたり皮肉を言ったりするんだ。だから照れ屋とは表現しづらいな」

「あはは、そうだね」

区切りがついたと白雪は考えたのだろうか。

あの天真爛漫な笑顔が戻っていた。

「ねっ、廻くん。せっかく作ったんだから、ここにあるのは一緒に食べよ？」

白雪はピクニックバスケットを俺に寄せた。

「そうだな。こんな立派なの、残すなんてもったいないよな」

あれほど食欲がなかったというのに、お腹が鳴った。

俺も心の中で整理がついたのかもしれなかった。

「あーあ、今日、こんなこと言うつもりじゃなかったのに」

「えっ？　どういうつもりだったんだ？」

「廻くんとラブラブな会話して、魔子ちゃん嫉妬させよう……とか？」

「私、隠されてたことが一番嫌だったから。それなら全部筒抜けにしちゃおう……なんて思って」

「え、えぐくないか？」

「たまに白雪は俺の発想を超えるっていうか……」

「それ褒めてるの？」

「もちろん。そういうところ、凄く好きだった」

白雪は顔を真っ赤にし、人参のグラッセを喉に詰まらせた。

「そういうの反則！　今、廻くんは私にフラれたばかりでしょ！」

「いや、反則って……」

「とにかく反則は反則！」

「まあ、じゃあ……悪かった」

「ホント廻くんは、時々ナチュラルにドキッとさせてくるから卑怯というか……」

「そういえばこの前、魔子にも女たらしとか言われたような……」

「うんうん、それは魔子ちゃんに同感。今度その話で盛り上がろう」

「勘弁してくれ」

不思議なものだった。

別れた後のほうがこんなに自然で、こんなに楽しく話せるなんて。

俺たちはゆっくりと食事を堪能し、二人で才川家に向かった。

俺たちの話は魔子に伝わっている。

でもちゃんと顔を見て、三人で話して、それで区切りをつけよう――そういう結論になったのだ。

「あいつ出ないな……」

俺は歩きながら電話をかけていた。

家で待っていてくれ、ということを伝えるためだ。

十度目のコールで諦め、スマホをポケットに戻した。

「白雪、もし魔子が家にいなかったらどうする？」

「そのときは私、家に一度帰るよ。魔子ちゃん戻ってきたら連絡して。すぐに廻くんの家に行くから」

元々才川家と丹沢家は小学校が同じだけあって近い。魔子が深夜まで戻ってこないなんてことがなければ問題ないだろう。

俺は鍵を開け、白雪を家の中に案内した。

「どうぞ」

「お邪魔します。あっ、なんか凄く久しぶり」

「中三のとき、お父さん絡みのことで心配して来てくれた以来か」

「そうだね。あのとき廻くんと会いたかったのに、会えなかったの結構ショックだったの」

「……悪い」

「事情を聞いた今ならわかるけどね。合わせる顔がない、ってやつだもんね」

「その通り過ぎて何も言い返せないな……」

「まったく罪作りな男子だね、廻くんは」

白雪の声に粘つきはまったくない。明るくからかっているだけだ。

この優しさ、純粋さに惚れたのだと、俺は改めて実感した。

「魔子、いるか！」

声をかけながらリビングを覗いたが、いない。

「部屋か？」

俺は白雪と一緒に二階へ上がった。

すると――

「えっ……？」

なぜか魔子の部屋のドアが開いていた。

魔子は部屋にいるときでもいないときでも、鍵をかけている。

だから開けっ放しなんて見たことがない。

「魔子……っ！」

俺は駆け出した。

白雪もすぐ後ろを追ってくる。

俺は魔子の部屋に足を踏み入れ、広がる光景を見て絶句した。

「っ……」

「どうしたの、廻く――」

そこで白雪は言葉を止めた。

魔子の部屋は服が散らかっていた。

魔子はズボラなところがあるが、服にはこだわりがあるだけに、絶対粗雑に扱わない。

そのことを俺も白雪も嫌というほど知っている。

「廻くん、魔子ちゃんって旅行バッグ持ってる……？」

白雪が何を思い浮かべたか、俺にもわかった。

「まさか魔子のやつ……家を出たのか……？」

「そうかもって思って」

「魔子は仕事の出張用に大きな旅行バッグを持ってる。バーバリーのキャリーバッグだ」

「捜してみるね！　魔子ちゃんの部屋は私が捜すから、廻くんはその他のところに書き置きとかないか捜してみて！」

「わかった！」

俺は一階に戻り、捜してみた。

すると洗面所で違和感を覚えた。

「おかしい……」

魔子の使っている化粧品類の一部がない。

特にお気に入りで高価なものが、すべてなくなっている。

洗面所に白雪がやってきた。

「廻くん、旅行バッグは見つからなかったよ。あと魔子ちゃんのお気に入りの服がごっそりなくなってた」

「洗面所からは魔子の化粧品類がなくなってる」

「じゃあ、やっぱり……」

そのときだった。俺と白雪のスマホが同時に震えたのは。

俺たちは直感し、すぐにスマホを見た。

そこには、魔子からのメッセージがあった。

エピローグ

＊

『メグルとシラユキへ

あたしは家を出ることにしたわ。
それと高校もやめて、海外へ行くつもり。
前から事務所の社長に、モデルとして世界で活躍しないかって誘われていたの。
だからあんまり気にしないで。

メグル、一緒に暮らさない以上、これからはお金を振り込まないから。
自分で稼ぐか、実の両親の遺産を使うかでしのぎなさい。
家の管理は頼むわね。
パパが出てきたとき、今と変わっていたら許さないんだから。

シラユキ、さっきの会話聞いていたわ。

それで、あなたから別れようって言いだした瞬間、三秒で決めた。

あたしが家を出ようって。

思い浮かんだの。

ほら、大岡裁判の子供争いって知ってる？

どっちの子供か争って、母親二人が袖を引っ張り合うやつ。

あたしはメグルの袖を放すつもりはなかった。それだけ好きだったから。

でもシラユキ――あなたはあたしと同じだけ好きなのに、袖を放せるのね。

それで納得がいっちゃった。結局、メグルを幸せにできるのはあたしじゃなく、シラユキなんだって。

あたしは今でもメグルが好き。正直なところ、袖を放したくない。

でもだからこそ思い知らされたの。

あたしたちの関係を、メグルは自分がいなくなることで解決しようとして、シラユキは自分から別れを切り出すことで解決しようとした。

でも、あたしだけは自分の欲を捨てきれなかった。今でもすがりついて、メグルを電車の中に連れてきたいって思ってる。

だからあたしこそが退かなければならないって。

わかっていたのよ、邪魔なのはあたしって。

あのデコメガネに言われたことは、痛いくらい急所を突いていたの。だからムカついたのよね。

——だって二人とも、嫉妬するくらいお似合いなんだもの。

——あたしがメグルに罪の意識を植え付けて、割り込んだんだもの。

——二人とも悲しくなるくらい、互いを見つめ合っているんだもの。

二人ともおめでとう。

これで余計な邪魔者はいなくなって、両想い(りょうおも)は成立よ。

あたしも清々するわ。

あたしは違う土地で、新しい生活を始め、自由に暮らすわ。

また会うときがあるかもね。

互いに今の気持ちを笑い話にできるくらい、後のことだろうけど。

じゃ、言いたいのはそれだけ。

――幸せになりなさい』

俺は魔子からのメッセージを見て、涙が止まらなかった。

横を見ると、白雪も同じようだった。

両眼からあふれるほどの涙をこぼしている。

「魔子ちゃん……」

「――白雪」

今、俺は魔子から背中を押してもらったのだ。

魔子の優しさと勇気を無駄にするわけにはいかない。

俺は白雪の正面に立った。

「俺はさっき、白雪にフラれたばかりだ。そしてこの文面を見る限り、魔子にもフラれたみたいなものと言っていいだろう」

「……だとしたら、どうなの？」

白雪はハンカチで涙を拭きとると、上目遣いでそう尋ねてきた。

「しばらくは魔子のことを考えてしまって、一歩も進めないと思う」

「……うん」

「でも、俺はもっと強くなって、勉強して、立派になるから――」

俺は頭を下げ、右手を差し出した。

「――友達から、やり直してもらえませんか？」

俺たちは繰り返している。まるで小学五年生に戻ったようだ。

当時俺は親を亡くし、引きこもっていた。

そんな俺を救おうとして、白雪を紹介してくれたのは魔子だった。

また俺は魔子の助けによって、白雪と友達を始めようとしている。

五年の月日を経て、今度は自分から申し出られたことだけが成長と言えた。

「………………しょうがないなぁ」

からかうような言い方で、白雪は俺の右手を取った。

「私、浮気者って嫌いなんだよ？」

「いや、まだ友達からだから」

「あっ、なんか卑怯！」

「だって友達からって言ったし」

「そういうこと言うの⁉ 悪い男の人になっちゃったんだね、廻くん。私は悲しいよ」

「白雪もだいぶ口が悪くなったな」

「悪い男の人に騙されたせいだよ」

「俺の責任か」

「そういうことだね」

「じゃあ、少しずつ時間をかけて償っていかなきゃな」

「……うん」

未来のことはわからない。

俺たちは傷つけ合いすぎた。

俺と白雪の関係が、うまく修復できるかどうかはわからない。

でも後悔したくないのなら一歩一歩努力をしなければならないだろう。

――魔子。

俺はお前に対して、どう詫びていいかわからない。
償いが残りすぎていて、何をすればいいかわからない。
また会えても、どんな顔をすればいいのかわからない。

でも、大事な人だから――

せめて、幸せを願う。
魔子が幸せになることを、俺は祈り続けている。
外からは強い日差しが注ぎ込んでいた。
これからさらに暑くなりそうだ。
俺は太陽に手をかざし、この光が魔子の行く先を照らすよう願った。

あとがき

どうも、二丸(にまる)です。現在著者校という原稿チェックを終えたばかりであとがきを書いているのですが、二つの矛盾した思いがよぎっています。一つは「全力を尽くせた！　これを書けて良かった！」という気持ち、もう一つは「まだ地獄が足りないのでは……このキャラたちならもっともっと面白くできるのでは…」という気持ちです。

一巻で書いた通り売れれば続きを、売れなければこの二巻で終わりです。なので全力を尽くせたで終わるか、さらなる地獄が続くかは、読者の皆様に運命を託そうという気持ちでいます。

この物語の方向性として、私自身の中でいくつか考慮していたことがあります。

たとえば『重い三角関係の恋愛はスタートに時間がかかってしまうことが多いので、別の要素を入れること（結果的には記憶障害をスタートにし、記憶を知っていくという謎解き要素を付与した）』とか、『男女ともに楽しめるよう、エロ要素はなるべくなくすこと』とか、『「読んでいて胃痛がする物語は楽しいぞ！」という想(おも)いが伝わるよう全力を尽くすこと』とかです。

また表紙は『ライトノベルとライト文芸の中間』『児童文学でも通用する絵柄』『男の子が学校で読んでいるとき、通りかかった女の子が見て気になるような、男女ともに魅力的に映るもの』をコンセプトにし、『白雪姫のモチーフを示す背徳の毒リンゴを一巻で一回、二巻で二回かじらせることで、登場キャラが堕ちていく様を示す』としています。表紙繋がりで言えば、一巻では、ライトノベルの表紙の女の子は笑顔が多いのに、ヒロインの一人（魔子）が見る人を嘲笑するような表情をする（また廻が死んだような顔をする）、という冒険もさせてもらいました。

これらは作品をより面白く、よりたくさんの人に読んでもらうための工夫なのですが、ここを読んでいる皆さんが自ら動くことで、さらに作品が面白くなる工夫が一つあります。

それは――『自分の好きなせつない曲を聴きながら小説を読む』というものです。

ここに入る曲は人の好み次第、世代間でもかなり違いそうですが、私は「松任谷由実『リフレインが叫んでる』」とか「DREAMS COME TRUE『やさしいキスをして』」とか「B'z『もう一度キスしたかった』」などがそれに該当します（実際聴きながらチェックしていました）。曲を挙げだしたらキリがなさそうなのでここでやめますが、この作品を読んで楽しんでもらえたらいいな、というのが結論です。

最後に編集の黒川様、小野寺様、ありがとうございます！　また私のうるさいコンセプトを見事こなし、二か月連続で描いてくださったイラストのハナモト先生、ありがとうございます！　そしてこの作品にかかわった皆様、読んでくださった読者の皆様、すべてに感謝を。

二〇二二年　八月　二丸修一

◉二丸修一著作リスト

「ギフテッドⅠ～Ⅱ」（電撃文庫）
「女の子は優しくて可愛いものだと考えていた時期が俺にもありました1～3」（同）
「幼なじみが絶対に負けないラブコメ1～10」（同）
【ドラマCD付き特装版】
幼なじみが絶対に負けないラブコメ6　～もし黒羽と付き合っていたら～」（同）
「呪われて、純愛。1～2」（同）
「嘘つき探偵・椎名誠十郎」（メディアワークス文庫）

本書に対するご意見、ご感想をお寄せください。

ファンレターあて先
〒102-8177　東京都千代田区富士見2-13-3
電撃文庫編集部
「二丸修一先生」係
「ハナモト先生」係

本書は書き下ろしです。

電撃文庫

呪(のろ)われて、純愛(じゅんあい)。2

二丸修一(にまるしゅういち)

2022年11月10日　初版発行

発行者　山下直久
発行　株式会社KADOKAWA
〒102-8177　東京都千代田区富士見2-13-3
0570-002-301（ナビダイヤル）
装丁者　荻窪裕司（META＋MANIERA）
印刷　株式会社暁印刷
製本　株式会社暁印刷

●お問い合わせ
https://www.kadokawa.co.jp/（「お問い合わせ」へお進みください）
※内容によっては、お答えできない場合があります。
※サポートは日本国内のみとさせていただきます。
※ Japanese text only

※定価はカバーに表示してあります。

ISBN978-4-04-914224-2　C0193　Printed in Japan

電撃文庫　https://dengekibunko.jp/

電撃文庫創刊に際して

文庫は、我が国にとどまらず、世界の書籍の流れのなかで〝小さな巨人〟としての地位を築いてきた。古今東西の名著を、廉価で手に入りやすい形で提供してきたからこそ、人は文庫を自分の師として、また青春の想い出として、語りついできたのである。

その源を、文化的にはドイツのレクラム文庫に求めるにせよ、規模の上でイギリスのペンギンブックスに求めるにせよ、いま文庫は知識人の層の多様化に従って、ますますその意義を大きくしていると言ってよい。

文庫出版の意味するものは、激動の現代のみならず将来にわたって、大きくなることはあっても、小さくなることはないだろう。

「電撃文庫」は、そのように多様化した対象に応え、歴史に耐えうる作品を収録するのはもちろん、新しい世紀を迎えるにあたって、既成の枠をこえる新鮮で強烈なアイ・オープナーたりたい。

その特異さ故に、この存在は、かつて文庫がはじめて出版世界に登場したときと、同じ戸惑いを読書人に与えるかもしれない。

しかし、〈Changing Times,Changing Publishing〉時代は変わって、出版も変わる。時を重ねるなかで、精神の糧として、心の一隅を占めるものとして、次なる文化の担い手の若者たちに確かな評価を得られると信じて、ここに「電撃文庫」を出版する。

1993年6月10日
角川歴彦

電撃文庫DIGEST　11月の新刊　発売日2022年11月10日

新作 **デモンズ・クレスト1**
現実∽侵食
著／川原 礫　イラスト／堀口悠紀子

「お兄ちゃん、ここは現実だよ！」
ユウマは、VRMMORPG《アクチュアル・マジック》のプレイ中、ゲームと現実が融合した《新世界》に足を踏み入れ……。川原礫最新作は、MR（複合現実）＆デスゲーム！

続・魔法科高校の劣等生
メイジアン・カンパニー⑤
著／佐島 勤　イラスト／石田可奈

USNAのシャスタ山から出土した『導師の石板』と『コンパス』。この二つの道具はともに、古代の高度魔法文明国シャンバラへの道を示すものではないかと考える達也は、インド・ペルシア連邦へと向かうのだが——。

呪われて、純愛。2
著／二丸修一　イラスト／ハナモト

よみがえった記憶はまるで呪いのように廻を蝕んでいた。白雪と魔子の狭間で惑う廻は、幸福を感じるたびに苦しみ、誠実であろうとするほど泥沼に堕ちていく。三人全員純愛。その果てに三人が選んだ道とは——。

姫騎士様のヒモ3
著／白金 透　イラスト／マシマサキ

ついに発生した魔物の大量発生——スタンピード。迷宮内に取り残されてしまった姫騎士アルウィンを救うため、マシューは覚悟を決め迷宮深部へと潜る。立ちはだかる危機の数々に、最弱のヒモはどう立ち向かう！？

竜の姫ブリュンヒルド
著／東崎惟子　イラスト／あおあそ

第28回電撃小説大賞《銀賞》受賞『竜殺しのブリュンヒルド』第二部開幕！　物語は遡ること700年……人を愛し、竜を愛した巫女がいた。人々は彼女をこう呼んだ。時に蔑み、時に畏れ——あれは「竜の姫」と。

ミミクリー・ガールズII
著／ひたき　イラスト／あさなや

狙われた札幌五輪。極東での作戦活動を命じられたクリスティたち。首脳会談に臨むが、出てきたのはカグヤという名の少女で……。

妹はカノジョにできないのに 3
著／鏡 遊　イラスト／三九呂

「妹を卒業してカノジョになる」宣言のあとも雪季は可愛い妹のままで、晶穂もマイペース。透子が居候したり、元カノ（？）に遭遇したり、日常を過ごす春太。が、クリスマスに三角関係を揺るがすハプニングが!?

飛び降りる直前の同級生に『×××しよう！』と提案してみた。2
著／赤月ヤモリ　イラスト／kr木

胡桃のイジメ問題を解決し、正式に恋人となった二人は修学旅行へ！　遊園地や寺社仏閣に、珍しくテンションを上げる胡桃。だが、彼女には京都で会わなければいけない人がいるようで……。

新作 **サマナーズウォー／召喚士大戦1**　**喚び出されしもの**
著／榊 一郎　イラスト／toi8
原案／Com2uS　企画／Toei Animation/Com2uS
執筆協力／木尾寿久（Elephante Ltd.）

二度も町を襲った父・オウマを追って、召喚士の少年ユウゴの冒険の旅が始まる。共に進むのはオウマに見捨てられた召喚士の少女リゼルと、お目付け役のモーガン。そして彼らは、王都で狡猾な召喚士と相まみえる——。

新作 **ゲーム・オブ・ヴァンパイア**
著／岩田洋季　イラスト／8イチビ8

吸血鬼駆逐を目的とした機関に所属する汐瀬命は、事件捜査のため天霧学園へと潜入する。学園に潜む吸血鬼候補として、見出したのは4人の美少女たち。そんな中、学園内で新たな吸血鬼の被害者が出てしまい——。

新作 **私のことも、好きって言ってよ！**
〜宇宙最強の皇女に求婚された僕が、世界を救うために二股をかける話〜
著／午鳥志季　イラスト／そふら

宇宙を統べる最強の皇女・アイヴィスに"一目惚れ"された高校生・進藤悠人。地球のためアイヴィスと付き合うことを要請される悠人だったが、悠人には付き合い始めたばかりの彼女がいた！　悠人の決断は——？